L'AVOCATE ET LE REPENTI

DU MÊME AUTEUR
CHEZ SONATINE ÉDITIONS

La Lionne du barreau, 2022.

Clarisse Serre

L'AVOCATE ET LE REPENTI

SONATINE ÉDITIONS

Directeur de collection : Arnaud Hofmarcher
Coordination éditoriale : Marie Misandeau et Jeanne Evrard

Sonatine Éditions
92, avenue de France
75013 Paris
lisezsonatine.com

Ouvrage réalisé par Cursives à Paris

ISBN 978-2-38399-234-9
N° d'édition : 1234 – Dépôt légal : janvier 2025

À Henri Leclerc

Toute vérité est-elle bonne à dire ?

NOTE DE L'AUTRICE

Ce livre est un témoignage sur le traitement juridique, administratif et médiatique des repentis en France. Il s'agit de mon point de vue personnel sur des événements auxquels j'ai pris part, alimenté par mon expérience professionnelle en qualité d'avocate et les réflexions que cette expérience a fait naître. Il n'a pas prétention à être exhaustif ou à couvrir l'ensemble des opinions et vécus des protagonistes qui ont pris part aux différentes affaires racontées.

Ce qui est écrit ici l'est dans le respect du secret professionnel.

Tous les procès racontés ont été publics. Des comptes-rendus journalistiques sont accessibles à tous. Chacun pourra donc se forger sa propre opinion.

Le silence est d'or

Je m'appelle Clarisse Serre et je suis avocate pénaliste. Dans le métier, ça peut encore surprendre. On s'imagine rarement qu'une femme veuille défendre des délinquants violents ou des criminels endurcis. À commencer par les clients eux-mêmes ! Tout comme ils sont surpris de me trouver froide ou cash, quand je maintiens une relation professionnelle avec eux, et que je privilégie l'honnêteté aux fausses promesses.

C'est comme ça qu'on se forge une réputation.

C'est d'autant plus important pour moi que j'ai dû construire la mienne toute seule. Je ne viens pas d'une lignée d'avocats. Je n'avais pas de réseau. Après dix-huit ans d'exercice à Paris, c'est à Bobigny que j'ai décidé d'installer mon cabinet.

Je suis comme ça : je ne lâche jamais rien, et j'aime les défis.

Mon quotidien est à mille lieues des fantasmes qui entourent la figure du « ténor du barreau », véhiculés par les séries et les médias. Je plaide en correctionnelle, aux assises, un peu partout en France. Autrement dit, vous me trouverez souvent dans un train ! Le reste du temps, je suis derrière mon bureau, à préparer les audiences, encore et encore. C'est le cœur de mon métier. Et puis, bien sûr, je rends visite à mes clients, même si, en règle générale, la prison est un endroit que je préfère éviter.

Quoi d'autre ? J'ai défendu des caïds, des barons de la drogue, des figures du grand banditisme, des assassins. J'ai été conseillère sur les séries *Engrenages* et *66-5*, diffusées sur Canal Plus. J'interviens souvent sur les plateaux télé. C'est avant tout par souci de pédagogie : il y a beaucoup d'idées reçues sur notre profession, et plus généralement sur la justice. J'aime bien prendre part au débat. Et puis, je suis connue pour mon franc parler.

D'aussi loin que je me souvienne, j'ai toujours été bavarde. Très, *très* bavarde. Dès le CP, ça m'a valu des punitions : le piquet, puis les lignes à recopier, sans oublier les heures de colle. Apparemment, écrire cent fois *La parole est d'argent mais le silence est d'or* ne m'a pas dissuadée de parler, bien au contraire : je suis devenue avocate. Ironie suprême de mon métier : on nous surnomme les « baveux ».

Et l'ironie ne s'arrête pas là. Des décennies plus tard, par un hasard dont seule la vie a le secret, j'allais me retrouver à défendre un homme précisément parce qu'il voulait parler. On le sait, dans le milieu, la loi du silence prévaut. Mais cet homme avait des choses à dire, son témoignage valait son pesant d'or, et la justice était très intéressée par ses révélations.

C'était un cas édifiant.

Et c'est précisément ce cas que je m'apprête à vous raconter.

Un cas qui a de quoi laisser perplexe. Dans l'imaginaire collectif, le repenti, l'ancien criminel qui passe aux aveux, a toujours l'air d'opérer un choix : il décide volontairement de collaborer avec la justice, parce qu'il en tire des avantages.

Or, ce n'est pas du tout le constat que je tire de cette expérience. Je ne crois pas qu'on devienne repenti à la suite d'une décision mûrement réfléchie et éclairée. Dans l'affaire que je m'apprête à vous raconter, il semblerait plutôt qu'il s'agisse d'un non-choix.

Ne devient-on pas repenti plutôt par nécessité ?

Chacun se fera son idée.

Dans le monde de la justice, les mots ont une dimension toute particulière, et des conséquences irrémédiables.

Dans nombre de dossiers, des hommes choisissent, ou n'ont d'autre choix que de garder le silence. Car parler, pour eux, revient à signer leur arrêt de mort.

On ne peut pas reprocher à ces hommes de refuser de parler.

Pas quand celui qui parle est considéré comme une balance.

Pas quand il risque de se faire « défoncer » en prison.

Pas quand il peut se retrouver à l'isolement, soit une prison dans la prison, sous prétexte qu'il faut le protéger du reste des détenus.

Pas quand sa famille peut à tout moment subir des représailles.

Car en l'état actuel, celui qui parle n'a aucune garantie que sa propre sécurité sera assurée.

Est-ce normal ?

Trop souvent, durant toutes ces années d'exercice professionnel, j'ai entendu répéter aux prévenus : « Allons, monsieur, il y va de votre intérêt de parler ! » Et je ne peux m'empêcher de m'interroger. Leur *intérêt* ? Mais qu'ont-ils vraiment à y gagner ?

La réponse pourrait sembler évidente : amoindrir sa peine, bien sûr ! Mais le prévenu a-t-il seulement gagné quelque chose, quand sa vie carcérale sera devenue bien pire parce qu'il aura justement choisi de « passer à table » ?

Et puis il y a d'autres enjeux, propres au monde de la criminalité.

Parler, c'est faire aveu de faiblesse.

Parler, c'est rompre l'omerta.

Autrement dit, il existe une sorte de code et des conséquences directes contre lesquels le système judiciaire actuel n'est pas de taille à lutter.

C'est cela, entre autres choses, que j'ai appris. En choisissant d'assister et de défendre un repenti, j'ai pu constater que le dispositif judiciaire n'est pas adapté à ce cas de figure particulier. Et surtout, que la protection qui est censée en découler est encore trop incertaine.

Si je prends la parole aujourd'hui, c'est en partie pour dénoncer la carence et l'inadaptation des dispositions légales qui ont actuellement cours.

Mon moteur, c'est une volonté de changement, l'envie de faire bouger les choses.

Le sujet me semble on ne peut plus actuel, à l'heure où les politiques semblent vouloir s'emparer de la question des narcotrafiquants, et que certains d'entre eux pointent notamment du doigt le rôle des avocats de la défense.

En vérité, ils feraient bien mieux de repenser d'abord le dispositif qui encadre le statut de repenti.

Car pour l'heure, le système est totalement inadapté.

C'est pour cela que j'ai voulu écrire ce livre. Il faut que le public découvre l'imbroglio juridique qui préside au statut du repenti, et qu'il comprenne qu'aucune indépendance de la justice n'est garantie quand la protection d'un repenti est confiée à un service de police, comme c'est le cas actuellement.

Je ne suis pas là pour raconter une histoire, mais pour partager une expérience et les réflexions qu'elle m'a inspirées. Ce partage s'exerce dans la limite du secret professionnel et de la « foi du palais ». L'un comme l'autre consacrent le respect tacite de la confiance que nos clients, nos collaborateurs ou les magistrats placent en nous lorsqu'ils se confient.

Dans ces circonstances, vous comprendrez que je ne pourrai pas *tout* raconter.

D'ailleurs, j'ai décidé de ne mentionner aucun nom.

Certains seraient trop contents de se voir cités, et je m'y refuse.

D'autres au contraire seraient furieux, et je ne peux me le permettre.

De toute manière, tous ceux qui ont été concernés de près ou de loin par cette affaire s'y reconnaîtront sans problème.

Quoi qu'il en soit, ce que je m'apprête à vous révéler dépasse déjà de très loin tout ce que j'avais vécu jusqu'alors, et tout ce que je m'étais imaginé.

Et pourtant, tout a débuté par un simple coup de fil.

JEUX DANGEREUX

(2017-2018)

Un appel inattendu

Dans la vie quotidienne d'un cabinet d'avocat pénaliste, il n'y a pas deux journées qui se ressemblent. Et si une journée commence comme on l'avait prévu, elle se termine rarement comme on l'avait imaginé.

Ce sont souvent les appels téléphoniques au cabinet qui créent la surprise.

Le téléphone n'arrête en effet pas de sonner, que ce soient des clients qui veulent des nouvelles de leurs dossiers, des confrères, l'administration ou bien de nouveaux clients. Ceux-ci peuvent être des personnes que j'ai déjà défendues et qui appellent pour un nouveau dossier ou pour un proche, ou bien des gens qui sont recommandés par des confrères bienveillants.

Il y a aussi une clientèle qui a entendu parler de moi en prison. Au cours de la promenade, les noms des « baveux » circulent, les détenus se passent des informations, évoquent les avocats qui vont les faire sortir, conseillent le meilleur cheval, celui dont on dit qu'il gagne toutes les courses.

Il y a enfin les clients qui viennent « de nulle part », qui ont trouvé les coordonnées du cabinet par hasard sur Internet, qui ont lu une interview ou qui m'ont vue à la télévision.

Comme je vous le disais, je ne déteste pas aller sur les plateaux télé. Certains de mes confrères estiment que nous, les pénalistes, ne devrions pas répondre à de telles invitations. Mais je préfère les accepter, quand mon emploi du temps me le permet, plutôt que de laisser la place à de prétendus experts qui souvent maîtrisent assez mal le sujet. Et j'aime expliciter les notions de droit et de procédure.

Le revers de la médaille, c'est que le lendemain d'un passage à la télé, les coups de téléphone aussi variés qu'improbables se succèdent au cabinet. Ceux qui appellent parce que je serai leur dernier espoir, quand bien même le domaine d'intervention est en dehors de mes compétences, ceux qui sont victimes d'un complot et qui ne peuvent parler au téléphone, et tant d'autres… Le panel est vaste.

On pourrait parfois penser que l'on est victime d'une plaisanterie.

C'est ce qui a failli m'arriver en cette journée de mars 2018.

Ce jour-là, un homme a appelé à mon cabinet. Il voulait me joindre personnellement pour me confier son dossier, mais il ne pouvait pas m'en dire plus ni même me laisser un numéro où le recontacter. Je me suis dit qu'il s'agissait sans doute d'un détenu qui m'appelait d'un portable depuis une prison. Ce qui est interdit, et, quand cela arrive, je leur oppose directement une fin de non-recevoir.

Et puis mon correspondant anonyme a rappelé. On a commencé à discuter, je lui ai posé les questions habituelles sur la nature de l'affaire, la juridiction saisie, les faits reprochés, etc. Il m'a répondu qu'il ne pouvait pas parler de son cas au téléphone. Il insistait pour me rencontrer, je lui ai donc proposé de venir au cabinet.

Il m'a dit que ce n'était pas possible.

Il m'assurait pourtant qu'il n'était pas détenu, qu'il ne vivait ni en province, ni à l'étranger. Tout cela finissait par être étrange, mais j'étais encore loin d'imaginer la suite.

Il m'a alors expliqué que quelqu'un allait m'appeler pour convenir d'un rendez-vous en dehors de mon cabinet.

Pour des raisons de sécurité.

Là, j'ai franchement pensé qu'il s'agissait d'un canular. En principe, un avocat reçoit en effet toujours ses clients à son cabinet pour s'assurer de la confidentialité des échanges. J'ai décidé de ne pas y donner suite.

Mais quelques jours plus tard, j'ai reçu un autre appel de quelqu'un qui me donnait rendez-vous à la sortie d'une station de métro.

C'était complètement lunaire, mais j'ai accepté.

Par naïveté ou curiosité, je ne saurais dire.

Je n'en ai parlé à personne.

Et ce fut le début d'une expérience unique dans ma carrière d'avocate.

Premier contact

Le rendez-vous était donné.

Pourtant, j'ignorais absolument tout de ce qui allait suivre.

Mon mystérieux interlocuteur n'avait laissé filtrer que très peu d'indices : à la sortie du métro, *on* viendrait me chercher, *on* saurait me reconnaître et *on* me conduirait au lieu de rendez-vous.

Visiblement, il entretenait le flou, et c'était pour le moins curieux, pour ne pas dire suspicieux.

J'ai eu beau fouiller dans ma mémoire, je n'avais jamais entendu parler d'une telle situation. Pourtant, les échanges avec mes confrères pénalistes sont toujours l'occasion d'histoires toutes plus invraisemblables les unes que les autres. Mais là, je n'avais aucune marche à suivre, aucun cas similaire dont j'aurais pu m'inspirer.

Cependant, j'avais accepté ce rendez-vous, et il n'est pas dans ma nature de reculer.

Me voici donc en train d'attendre à la sortie du métro. Un homme s'approche de moi et me demande de le suivre. Sans se présenter, ce qui sera un élément récurrent de cette affaire : chaque fois, je rencontre des interlocuteurs anonymes, ou qui utilisent de faux noms.

J'emboîte le pas de cet homme.

C'est alors que je réalise qu'il est équipé d'une oreillette. La situation me paraît totalement surréaliste, mais il est trop tard pour faire demi-tour.

Après tout, il s'agit d'un rendez-vous en plein jour, au beau milieu de Paris. Qu'est-ce qui pourrait bien m'arriver ?

L'homme me conduit dans un immeuble reconverti en espace de coworking.

À la sortie de l'ascenseur, je suis conduite à une salle, dans laquelle se trouvent plusieurs hommes. L'un d'eux me tend la main et se présente. C'est donc lui qui s'apprête à devenir mon client. Et les autres hommes sont ceux qu'il désigne comme ses « anges gardiens ».

Aucun d'entre eux ne se présente. Ils se contentent de sortir de la salle en me disant : « Maître, on attend à l'extérieur. »

Ils savent donc qui je suis, alors que j'ignore tout d'eux.

L'homme que je suis venue rencontrer se lève et me remercie de ma présence.

Nous allons enfin pouvoir discuter librement.

Portrait-robot

L'inconnu porte une veste de costume. Ce sera le cas à chacun de nos rendez-vous.

Son teint pâle et ses yeux bleus le rendent avenant. Pas tellement le genre d'individu qui a généralement maille à partir avec la justice. Spontanément, je pense me trouver face à un délinquant en col blanc.

Il a beaucoup de choses à me dire. Et moi, j'ai beaucoup de questions à lui poser. Qui est-il ? Qu'a-t-il fait pour en arriver là ? Et surtout : pourquoi fait-il appel à moi ?

En quelques phrases, l'homme se présente. Autant d'éléments qui me permettent peu à peu de comprendre son profil.

Il a fait des études.

Il est marié.

Il connaît très bien le Moyen-Orient.

C'est un homme aux nombreuses casquettes. Il a travaillé en politique. Il a été chef de cabinet.

Il cite souvent Talleyrand.

Il a effectué quantité de voyages à l'étranger. D'ailleurs, c'est lors d'un de ces déplacements qu'il a rencontré sa femme.

C'est alors que l'évidence me frappe. Je connais cet homme. Ou plus exactement, je me rappelle à quelle occasion il a fait parler de lui. L'organisation d'un déplacement de parlementaires français en Syrie, en pleine guerre, pour rencontrer Bachar el-Assad.

Un événement qui avait défrayé la chronique.

À cette occasion, le visage de l'inconnu était apparu à de nombreuses reprises sur le petit écran.

Travaillait-il dans le renseignement ? Pour le compte de qui agissait-il ? Autant de questions qui lui seront posées lors des procès à venir. Si on en croit ses réponses, c'était dans l'intérêt des chrétiens d'Orient.

Peut-être une esquive.

Ce qui est sûr, c'est que je n'ai pas affaire à M. Tout-le-monde. L'inconnu est loin d'être banal. C'est un esprit curieux, qui n'a pas froid aux yeux. Tout ce qui est hors norme le fascine.

Ce qui est vrai pour le Moyen-Orient le sera également pour la Corse.

Autre élément biographique qui déterminera la suite : l'inconnu a déjà eu affaire à la justice.

Pour ce crime dont on l'accuse, il est condamné à une peine de cinq ans avec sursis par la Cour criminelle départementale de Paris, décision pour laquelle il a fait appel.

Si je choisis de ne pas raconter les choses en détail, ce n'est pas par souci d'angélisme. Je ne cherche pas à blanchir son portrait. Mais il a droit comme tout le monde au respect de la vie privée, à partir du moment où les faits qui lui sont reprochés n'ont rien à voir avec le sujet qui nous occupe. Et qu'aucune décision définitive n'a été rendue.

Toujours est-il que malgré cet appel, il s'est retrouvé incarcéré pendant deux mois, en 2016.

Pour la première fois de sa vie, il a connu la prison.

Il s'est retrouvé à Fresnes.

Est-ce là que tout s'est joué ?

Oui, c'est probablement le cas.

À ce stade, je n'ai dressé qu'un portrait à très grands traits de l'inconnu. Mais peut-être que vous êtes en train de vous faire un avis.

L'expérience me l'a suffisamment démontré : il est facile de critiquer les individus, leur comportement ou leurs choix de vie. Et il est infiniment plus difficile de les comprendre.

C'est aussi ça, être avocat. Quand on accepte de défendre quelqu'un, c'est sans se raconter d'histoire, sans angélisme, sans naïveté : on accepte l'autre tel qu'il est, on assume de le défendre, pour ou malgré ce qu'il est.

On ne défend pas l'acte, mais la personne.

En étant pénaliste, j'ai un peu appris sur les autres, et beaucoup sur moi-même.

Toutefois, dans le cas de cet homme, je le reconnais volontiers : j'ai eu du mal à le cerner.

Et bien qu'une véritable confiance se soit instaurée entre nous au fil du temps, encore aujourd'hui, je ne suis toujours pas sûre d'y être parvenue.

L'inconnu poursuit.

Malgré son incarcération, son épouse le soutient.

Lorsqu'il sort de prison, il repart vivre avec elle en Loire-Atlantique.

Les relations entre l'inconnu et sa belle-famille sont mauvaises. Dès qu'ils leur rendent visite, il file à l'hôtel pour les éviter.

C'est ce qui arrive à l'hiver 2017, lorsqu'ils viennent rendre visite à sa femme.

L'inconnu s'installe une fois encore à l'hôtel.

C'est là qu'il rencontre l'Autre.

Et c'est à ce moment-là que tout a basculé.

Rencontre fatale

L'Autre n'est pas un individu banal, lui non plus. Il a déjà à son actif un lourd passé judiciaire.

C'est le fils d'un parrain corse, qui était à la tête d'un des clans les plus violents des années 1980-1990. Son nom réveille des souvenirs douloureux, fruits d'un héritage fait de braquages, d'extorsions, de sang versé. À commencer par celui du père, tué lors de l'explosion d'un hangar à Casevecchie. Accident ? Représailles ? Ce qui est sûr, c'est que l'explosion a lieu au même moment qu'une vendetta qui a ensanglanté la Corse dans les années 2000.

L'Autre a toujours voué un culte à son père.

Il a vécu une partie de sa vie en prison. Une *grande* partie. Son existence se déroule derrière les barreaux, avec de rares épisodes de liberté, qu'il met toujours à profit pour monter des coups. Il s'est choisi un surnom : « le Mat », comme la carte de tarot[1]. Son profil : violent, sans pitié, au point que même les criminels qui le fréquentent le considèrent comme dangereux. Une dangerosité contagieuse, qui brûle tous ceux qui s'approchent.

Lorsque débute cette histoire, l'Autre a été notamment condamné à quinze ans de réclusion criminelle, pour un assassinat. Il vient d'obtenir une libération sous bracelet électronique. Il justifie d'un travail en tant que veilleur de nuit dans un hôtel,

1. Violette Lazard et Marion Galland, *Vendetta*, Plon, 2020. *(Sauf mention contraire, toutes les notes sont de l'éditeur.)*

où il est hébergé. Ce même hôtel où mon inconnu le rencontre pour la première fois, un soir fatidique de février 2017.

Certains ont affirmé que mon inconnu n'ignorait rien de l'Autre. Qu'il était un agent infiltré, et qu'il avait été envoyé par la police dans le but de le piéger.

Il s'agit vraisemblablement de pures spéculations, puisque rien dans l'affaire ne permet d'étayer cette théorie. Mais faute d'éléments concrets, certains n'hésiteront pas, lors d'un procès à venir, à alléguer des thèses complotistes lorsqu'ils se retrouveront au pied du mur.

Bien sûr, mon inconnu a immédiatement reconnu l'Autre. Il s'intéressait au grand banditisme. Il ne pouvait ignorer son nom.

Mais pour ce qui est de leur présence, tous les deux, à cet hôtel, je souscris à la thèse de la malchance, une malchance d'autant plus tragique qu'elle repose entièrement sur le hasard.

Quoi qu'il en soit, ces deux hommes se rencontrent. Que s'est-il passé ce soir-là pour qu'ils deviennent amis ?

Car ils sont devenus amis.

Tout les sépare, et pourtant…

Une expérience leur permet de se rapprocher : celle de la prison.

Mon inconnu avait été incarcéré. Il avait été marqué par cette détention, qu'il considérait comme injuste. Pire encore, il avait tout perdu avec cette condamnation. Son milieu professionnel lui avait tourné le dos.

Seule sa femme l'avait soutenu contre vents et marées. Avec elle, il devait encore tout reconstruire, et la route était longue.

Est-ce cela qui l'a poussé à parler à l'Autre ? Le besoin d'être compris ?

L'Autre a passé des décennies en prison, soit un tout autre calibre que mon inconnu, mais il l'écoute, il recueille ses mauvais souvenirs, le besoin de partager une expérience difficile pour mieux l'exorciser. Surtout, il lui dit qu'il s'est retrouvé derrière les barreaux en expliquant que pour lui aussi, il s'agissait de fausses accusations.

C'est à cause de ça, je crois, que mon inconnu reconnaît en l'Autre un frère. Pas la prison, mais l'injustice. Ou plutôt, devrais-je dire, le *sentiment* d'injustice.

Et puis quelque chose qui s'est également joué dans ces premiers échanges. Une forme d'intérêt ? De la curiosité ? Un magnétisme ?

Appelez ça comme vous voulez.

Il est clair que l'Autre l'a subjugué. Quand il m'en parle, sa fascination saute aux yeux, même des années après.

Tout comme la peur que l'Autre suscite désormais chez lui.

Une appréhension qu'il exprime en des termes sans détours : « J'avais peur de lui, de sa capacité à bouger des montagnes par sa seule volonté. C'est quelqu'un à qui il est compliqué de dire non. [...] Il suffit d'ouvrir la presse pour comprendre qu'on ne peut pas lui résister[1]. »

1. Déclaration du Repenti, procès-verbal de confrontation du 28 mai 2020. Cette confrontation a été évoquée publiquement lors des audience de décembre 2021.

L'engrenage

Imaginez que vous rencontriez demain un homme qui a occupé la catégorie faits divers des journaux. Vous seriez à tout le moins intrigué par cette entrevue.

Mais de là à le laisser entrer chez vous ?

Dans le cas de mon inconnu, la méfiance aurait pu être de mise.

Il savait forcément qui était l'Autre.

Il aurait pu mettre des barrières. Se protéger.

C'est une autre voie qu'il a choisie.

Je crois qu'en ce qui le concerne, la prudence du bon père de famille n'a jamais été un principe de vie.

Quoi qu'il en soit, nos deux hommes ne se quittent plus.

L'Autre vient de sortir de prison et se retrouve contraint de vivre en Loire-Atlantique. C'est l'hiver, et la station balnéaire où il s'est installé est déserte à cette période de l'année. Il ne connaît personne, et il s'ennuie. On ne peut pas dire que son job de veilleur de nuit à l'hôtel soit trépidant.

Peut-on seulement parler de job, d'ailleurs ? L'enquête révélera qu'il s'agissait d'un emploi fictif.

Bref, la solitude, le manque de soleil ont peut-être contribué à ce rapprochement surréaliste.

Mon inconnu, lui, est curieux. Il a beaucoup voyagé. Il est plutôt dépourvu d'a priori. C'est une tête brûlée, pas vraiment le genre à être échaudé ou impressionné par un ex-taulard en bracelet.

Il décide d'épauler l'Autre. Il l'aide dans toutes ses démarches administratives. Sa femme et lui habitent une très belle maison, et sont plutôt de tempérament accueillant. Il lui présente ses enfants. Il l'invite sous son toit, le convie à sa table.

L'Autre a peut-être été méfiant au tout début : pourquoi ce type serait-il venu l'aborder à l'hôtel ? Cela l'a d'ailleurs conduit à quelques vérifications, mais il ne trouve rien de suspect. Dès qu'il rencontre la femme et les enfants de mon inconnu, il recoupe les informations et en conclut qu'il est fiable.

Rapidement, l'Autre considère la famille de mon inconnu comme la sienne. Il les invite fréquemment au restaurant. Il s'occupe des enfants, les conduit au foot.

Et il garde des photos de ces moments, détail que je découvrirai lors d'un procès à venir.

De la parano ? C'est sûr que l'Autre entretient un climat de peur autour de lui.

Il ne peut quitter la région à cause de son bracelet électronique. Il est censé travailler comme veilleur de nuit. À ce titre, il bénéficie d'une chambre sur la porte de laquelle il fait installer un blindage et une caméra de surveillance.

Autant d'éléments qui pourraient à tout le moins laisser penser que le fréquenter n'était pas sans danger.

Sans même parler de tremper dans ses activités, le fait est que l'Autre avait des ennemis, et qu'une balle perdue n'était pas à exclure.

On ne peut comprendre la genèse d'un tel binôme sans convoquer le passé de mon inconnu : le fait qu'il avait déjà vécu des situations extraordinaires, son goût du risque. Les deux hommes devaient avoir le sentiment de s'être trouvés, de se compléter.

Et puis, il y a quelque chose qu'on ne peut enlever à l'Autre, et que je découvrirai par la suite lors de confrontations et d'audiences, c'est qu'il a de l'humour. En tout cas, une certaine forme d'humour.

Et l'humour, on le sait, engendre la sympathie.

Pour mon inconnu, le printemps 2017 signe la rencontre de personnages hauts en couleur.

Comme l'Autre ne peut se déplacer, du fait de son bracelet électronique, il convoque en Loire-Atlantique des gens qui s'empressent d'accourir, dès qu'il claque des doigts. D'autres types à la mine sombre ou au physique impressionnant ne cessent également de lui rendre visite. Tous ont l'air de lui être redevables.

Lors de déjeuners à des tables connues de la région, l'Autre fait défiler un grand nombre de personnes. Et il leur demande de l'argent ou des services.

Les discussions qui s'y tiennent sont empreintes de menaces à peine couvertes.

Lors d'un des procès qui aura lieu par la suite, l'opposition entre les versions de chacun prêterait à sourire, s'il s'agissait de fiction et non de réalité. D'après l'Autre, ces déjeuners sont des moments sympathiques partagés entre amis. Ce qui est totalement différent de ce qui ressortira des sonorisations.

Le climat d'intimidation est évident : les « invités » n'ont d'autre choix que de répondre « oui » ou de tenter de gagner du temps. Il faut payer, sinon c'est le début des ennuis.

Mon inconnu, lui, assiste à tous ces rendez-vous. Il écoute, et l'étrange ambiance qui y règne ne semble pas l'ébranler. Il en est pourtant parfaitement conscient, lui qui décrira en ces termes l'un de ces déjeuners : « Ce n'est pas parce que vous êtes dans un site classé historique comme le restaurant La Cigale qu'il n'y a pas une énorme tension et pression psychologique. M. X avait une telle pression qu'il ne pouvait pas se lever et partir[1]. »

Il sait ce qui se passe sous ses yeux, et il reste.

Pire, ses études et son expérience professionnelle lui permettent d'apporter des explications sur le fonctionnement de

1. Déclaration du Repenti, procès-verbal de confrontation du 28 mai 2020.

certains montages financiers – une aide d'autant plus précieuse qu'avec le temps qu'il a passé en prison, l'Autre est bien souvent déconnecté de la réalité.

Et pour ce qui est de récupérer de l'argent, leur numéro est rodé : « Dans un premier temps, il y a une entrée en matière brutale. Puis dans un second temps, on joue l'ouverture, on essaie de créer du lien. Dans un troisième temps, on fait la synthèse, c'est-à-dire qu'il faut trouver des solutions[1]. »

Le quotidien de mon inconnu est également ponctué d'allers-retours à Paris pour y acheminer des téléphones cryptés ou en récupérer. Pendant ce temps, l'Autre fréquente une thalasso huppée de Loire-Atlantique – à 15 euros l'entrée, on se demande comment il compte encore convaincre qui que ce soit, la justice en tête, qu'il mène un train de vie en phase avec son seul salaire de veilleur de nuit à l'hôtel[2].

Ce que le duo ignore, c'est qu'un dispositif de sonorisation a été installé dans le véhicule qu'ils utilisent par des policiers, dans le cadre d'une procédure judiciaire initiée par le tribunal de Marseille.

Toutes les conversations sont enregistrées. Toutes seront retranscrites sur procès-verbaux. De cette belle amitié et de ces déjeuners conviviaux, de ces projets évoqués ensemble, ressortira une qualification juridique : extorsion de fonds.

L'Autre reçoit également la visite de sa « famille » corse. Ils le mettent en garde contre son nouvel ami. Ils ne le sentent pas. Mais ça ne l'empêche pas d'accorder toute sa confiance à mon inconnu. Devant lui, il parle sans filtre, il utilise son téléphone crypté – bref, il ne se cache pas. Toujours en sa présence, l'Autre s'entretient avec des individus troubles, notamment le frère d'un

1. Déclaration du Repenti, procès-verbal de confrontation du 28 mai 2020.
2. Lors d'une audience, l'Autre s'offrira même le luxe de préciser : « Je payais un abonnement de 200 euros par mois ! » *(Note de l'autrice.)*

détenu, qui s'est illustré dans plusieurs affaires de braquage, et qu'on n'appelle pas encore l'évadé de Réau.

La famille de mon inconnu lui dit de se méfier.

Mais pour lui, il est déjà trop tard. Désormais, il fréquente l'Autre quotidiennement, lui fait une confiance aveugle.

Et cette confiance est réciproque. L'Autre le considère maintenant comme un confident.

Et puis, mon inconnu lui est redevable.

Au printemps 2017, dans le cadre d'un contrat d'affaire, il a soudain besoin d'une grosse somme d'argent. En gros, pour sécuriser un contrat entre deux sociétés, il faut que lui et son partenaire s'acquittent de frais d'émission à hauteur de 150000 euros. À la clé de ce contrat, s'il est signé : un CDI pour mon inconnu. Or, il n'a pu réunir que la moitié de la somme.

Sous la pression, en panique, il demande à l'Autre de lui prêter le reste, soit 75000 euros, en lui promettant de lui rendre le double.

Lors d'un rendez-vous qui s'est tenu dans un bar d'un hôtel parisien, porte Maillot, l'Autre lui fait remettre la somme en espèce, qui provient semble-t-il d'un trafic de stupéfiants.

La scène est digne d'un polar.

Le 3 avril, dans la soirée, mon inconnu se rend au bar, muni d'une casquette rouge, afin qu'on puisse le reconnaître. Un homme s'approche, pose une enveloppe de papier kraft sur ses genoux. Puis il s'assoit à côté de lui et commande à boire. Mon inconnu cache l'enveloppe dans un journal et s'éloigne dans le petit salon jusqu'à ce que le coursier s'en aille. Il n'ouvre pas l'enveloppe. Il ne recompte pas l'argent. Il a une confiance absolue en l'Autre.

Seulement voilà, l'argent s'est volatilisé. Mon inconnu l'a remis à un prétendu associé qui l'a empoché et a disparu.

La somme n'a jamais été remboursée.

Et elle pèse, telle une épée de Damoclès, au-dessus de son existence.

Mon inconnu le confesse lui-même : « C'est comme une pente, vous commencez en haut et vous finissez en bas. Vous ne payez pas et donc, ça se passe mal. On vous demande tout le temps où sont les sous[1]. »

C'est le moment précis où la relation se détériore : d'ami, mon inconnu est devenu l'obligé de l'Autre.

L'engrenage est en place.

Qui peut dire jusqu'où la situation aurait pu dégénérer s'ils n'avaient pas été arrêtés ?

1. Déclaration du Repenti, procès-verbal de confrontation du 28 mai 2020.

Le double assassinat

Mon inconnu et l'Autre se rencontrent en février 2017. Le 5 décembre 2017, à 11 h 22, deux hommes sont assassinés par des tirs de kalachnikov à l'aéroport de Bastia-Poretta.

Ces dix mois sont le point de bascule qui fera chavirer l'existence de mon inconnu, et le fera foncer tête baissée dans les mailles de la justice.

Comme je vous le disais, le père de l'Autre a été tué par une explosion.

Depuis ce jour, l'Autre n'a plus qu'une idée : récupérer l'héritage de son père, au sens propre comme au sens figuré.

Parallèlement, il renoue contact avec le fils d'un deuxième parrain du clan, tué sur une petite route perdue de Corse. Ensemble, ils discutent combines. Ensemble, ils discutent vengeance.

À l'extérieur, le fils monte un trafic de cannabis pour financer leurs futures activités. Derrière les barreaux, l'Autre joue le rôle de mentor et de conseiller.

En octobre 2016, l'Autre est autorisé à quitter quelques jours la prison sous bracelet électronique, le temps de préparer sa future libération. Il est accueilli par le fils du deuxième parrain, qui l'emmène en Loire-Atlantique rencontrer son futur employeur.

Grâce aux micros installés dans leur voiture, les agents de l'Office central de lutte contre le crime organisé (OCLCO) entendent toutes leurs conversations.

En février 2017, l'Autre est officiellement en liberté conditionnelle, toujours sous bracelet électronique. Il commence à travailler à l'hôtel, qui est aussi son lieu de vie.

L'Autre porte un gilet pare-balles.

Il possède, entre autres, une arme de poing.

Il ne cherche pas à cacher son identité, bien au contraire.

La gérante a du mal à rassurer les salariés.

Les employés de l'hôtel vivent dans un état de peur permanente, comme le révélera l'enquête.

Et il y a de quoi.

C'est dans ce contexte que le chemin de mon inconnu croise celui de l'Autre. Ils sympathisent très vite. L'Autre le présente au fils du deuxième parrain, qui est beaucoup plus méfiant vis-à-vis de mon inconnu. Il le soupçonne d'être un flic. Il restera toujours sur ses gardes.

L'Autre, en revanche, s'épanche. Il évoque des projets de braquage. Il partage également ses craintes. Avec son bracelet électronique, il n'est pas libre de ses mouvements. Il a peur pour sa vie.

L'Autre a aussi un projet : élargir son empire. Il cherche à devenir le « protecteur » d'un certain nombre d'entreprises installées en Corse. Surtout, il veut récupérer l'argent que son père a prêté de son vivant. De son point de vue, il s'agit d'aller réclamer le remboursement des dettes pour reconstituer sa fortune, le legs que son père aurait dû lui laisser. Du point de vue de la police, il s'agit de racket, ni plus ni moins.

Et puis l'Autre utilise un téléphone crypté. Il échange des messages en toute liberté, persuadé que la police n'y aura jamais accès. Mais la technique permettra de casser le cryptage. Les conversations ainsi dévoilées seront considérées par la justice comme une mine d'or.

Car les policiers sont partout, durant ces quelques mois de 2017. Ils enquêtent dans le cadre d'une affaire ouverte à Marseille pour trafic de stupéfiants, extorsion et blanchiment d'argent.

Et le moins que l'on puisse dire, c'est que l'OCLCO a vu les choses en grand.

Les téléphones sont sur écoute. Les murs truffés de micros. Chaque déplacement de l'Autre entraîne une filature, de la surveillance. Et comme mon inconnu est sans cesse à ses côtés, il s'invite sur leurs radars.

À l'été 2017, l'Autre et le fils du deuxième parrain reprennent contact. Le rabibochage est aussi soudain et intense que leur brouille. Rapidement, ils reparlent de leur désir de vengeance. Leur cible est toujours la même : toucher le clan adverse. Cette fois, le projet d'assassinat dépasse le stade de l'ébauche. Et mon inconnu assiste à leurs échanges.

Parallèlement, les agents de l'OCLCO continuent de monter leur dossier contre le fils du deuxième parrain, qu'ils veulent faire tomber pour trafic de stupéfiants. Mais étrangement, même si leur enquête est déjà bien avancée, ils en restent au stade d'observateurs. Le 4 décembre, deux policiers installent des micros dans une planque corse, dans laquelle ils découvrent un masque en latex[1]. Ils haussent les épaules et quittent la planque, loin d'imaginer à quoi ce masque s'apprête à servir.

Le 5 décembre au matin, une voiture noire se gare au dépose-minute de l'aéroport de Bastia-Poretta. Un homme en sort. Casquette sur la tête. Masque sur le visage. Kalach et pistolet à la main. Une surveillante de prison, complice, salue deux types qui viennent de passer la porte de l'aéroport et permet ainsi au tireur de les identifier. Il se dirige vers ses deux cibles et tire. Les deux hommes s'effondrent. Le tireur se jette dans la voiture, qui

1. Violette Lazard et Marion Galland, *Vendetta*, Plon, 2020.

démarre sur les chapeaux de roues. Aux passants tétanisés qui assistent à la scène, le conducteur lance : « C'est rien, c'est juste du cinéma. »

Quelques heures après, les portables de l'Autre et du fils du deuxième parrain s'animent. Les deux hommes se congratulent. Leurs pères sont vengés.

La cavale s'organise. Elle durera sept jours.

L'arrestation

Le 12 décembre 2017, le fils du deuxième parrain est arrêté près de Porto-Vecchio.

Six jours plus tard, les agents de la Brigade nationale de lutte contre le crime organisé en Corse (BNLCOC) se rendent à l'hôtel de la station balnéaire de Loire-Atlantique. Leur but : interpeller l'Autre pour blanchiment, infraction à la législation sur les stupéfiants et extorsion. La commission rogatoire, qui délègue à un officier de police judiciaire le pouvoir de conduire une enquête pénale, a été délivrée par le juge d'instruction de la Juridiction interrégionale spécialisée (JIRS) de Marseille.

Mais à l'arrivée des policiers, stupeur. L'Autre les attend. Il dira avoir été averti la veille par un policier, qui ne sera jamais identifié.

Dès qu'il a appris la nouvelle, l'Autre a prévenu mon inconnu. Il comptait sur son aide pour organiser sa vie derrière les barreaux.

Sauf qu'en ce matin de décembre 2017, l'Autre n'est pas le seul à qui on passe les menottes.

Mon inconnu est également placé en garde à vue.

Sa femme est arrêtée elle aussi. Ses enfants ont été confiés à la voisine par la police, sur demande de leur mère, car ils sont tous trois mineurs.

Pour lui, la réalité prend des allures de mauvais rêve. Le voilà qui répond aux questions des policiers, encore et encore. Et comme si les choses n'étaient pas déjà surréalistes, un agent fait introduire l'Autre dans sa cellule de garde à vue.

Il ne s'agit pas d'une confrontation. Si tel avait été le cas, un procès-verbal aurait été dressé. Une trace écrite serait conservée dans la procédure.

Or cette mise en présence n'apparaît pas dans le dossier. Pourtant, la scène a bien existé. Elle sera rapportée par mon inconnu et confirmée par l'Autre.

Comment expliquer cette situation complètement inconcevable ?

En principe, quand plusieurs personnes sont placées en garde à vue en même temps, elles sont chacune maintenues dans une cellule différente, pour éviter tout risque de concertation ou d'intimidation. C'est pour ainsi dire le b.a.-ba de l'interrogatoire. Que des policiers puissent déroger délibérément à cette règle continue de m'interroger sur les raisons qui ont pu les pousser à le faire.

Manifestement, qui dit individu hors norme dit procédure dérogatoire…

Mes interrogations s'amplifieront au fil du temps, mais déjà à ce stade, un policier aurait prévenu l'Autre qu'il allait être arrêté.

Pourquoi ?

D'autres policiers ont décidé de mettre mon inconnu et l'Autre en présence, sans dresser de procès-verbal.

Pourquoi ?

Autant de questions pour lesquelles je n'ai pas de réponse.

Et ce n'est que le début d'une longue série d'interrogations.

Quoi qu'il en soit, pour mon inconnu en garde à vue, la situation est inextricable et la panique, totale. Un choix lui est offert.

Parler, ou se taire ?

Ou plutôt, vu les circonstances : tomber, ou sauver sa peau ?

Retourner en prison ? Perdre sa femme et ses enfants ? Ces perspectives sont inenvisageables.

A-t-il fait le bon choix ? Il est impossible de répondre à une telle question. Une réponse impliquerait un jugement, or un avocat n'est pas là pour juger.

Lui a bien été obligé de trancher. Il décide de dire aux policiers qu'il est prêt à se mettre à table, et qu'il sait beaucoup de choses.

Il commence à raconter les rendez-vous auxquels il a participé. Ceux au cours desquels l'Autre tente de récupérer avec plus ou moins d'insistance l'argent qu'il considère lui être dû, au vu de son nom et de l'histoire de sa famille.

Au cours des sept auditions qui ponctuent ses quarante-huit heures de garde à vue, mon inconnu raconte. Tous ces éléments sont dressés sur procès-verbaux.

Par la suite, l'ensemble de ces infractions fera l'objet de différents jugements, dont un jugement pour association de malfaiteurs, tentative et extorsion de fonds. Ils entraîneront une condamnation de nos deux hommes pour laquelle ils ne feront pas appel.

Au cours de la même garde à vue, il sera entendu sur ce qu'il a vu dans les semaines et les jours qui ont précédé le double assassinat de Bastia-Poretta.

En particulier le fait que l'Autre utilise un téléphone PGP – c'est-à-dire un appareil crypté.

Il relate tout ce qu'il a entendu et vu.

À ce moment-là de l'enquête, les policiers n'ont pas encore « craqué les PGP », comme on dit dans le jargon. Ils ignorent complètement l'existence de certains protagonistes et leur possible implication dans le double assassinat. Ils ignorent aussi que l'Autre a un lien potentiel avec ce double assassinat. Il n'apparaissait nulle part.

Ces aveux ont l'effet d'une bombe.

Cette huitième déclaration est versée au dossier de l'enquête sur le double assassinat de Bastia-Poretta.

Au vu de ces déclarations, le juge de Marseille saisit une commission nationale dont j'aurai l'occasion de reparler, la CNPR, afin de le faire entrer dans un programme de protection chapeauté par un service policier, le SIAT.

En attendant, le juge décide de la levée de la garde à vue de mon inconnu et de sa femme.

Tandis que le cas de mon inconnu est examiné par le SIAT en vue d'intégrer le programme de protection, lui et sa femme retournent vivre à leur domicile avec leurs enfants.

Mais deux événements surviennent alors, qui obligent le SIAT à exfiltrer la famille en urgence.

D'abord, la venue à leur domicile d'un homme qui, ne trouvant personne sur place, dépose un portable et un mot dans la boîte aux lettres. Cet homme sera identifié plus tard comme l'un des accusés de l'évasion de Réau.

Mon inconnu en informe le SIAT et leur remet les objets déposés dans la boîte aux lettres. Si ces pièces à conviction intéressent la justice, c'est surtout la sécurité de sa famille qui l'inquiète.

D'autant que son sentiment d'insécurité est renforcé par la publication, en mars 2018, d'un article signé par un soi-disant journaliste dans un grand quotidien national.

Son contenu ? Un résumé de ce que mon inconnu a avoué aux policiers.

Au cas où vous ne mesureriez pas les implications d'un tel article : la procédure en garde à vue comme l'audition libre sont bien évidemment protégées par le secret. Alors qui a parlé ? Et comment le journaliste a-t-il pu décider de divulguer cette information, qui crie sur la place publique que mon inconnu est en fait une balance ?

L'alerte est donnée. Il est évident que sa vie est désormais en danger. La seule solution est de l'exfiltrer de son lieu d'habitation, avec femme et enfants. La procédure pour le faire entrer dans un programme de protection est accélérée.

Le 29 mars 2018, une ordonnance rendue par le président du tribunal judiciaire de Paris autorise l'usage d'une identité d'emprunt pour lui, sa femme et ses enfants.

Mon inconnu est maintenant un repenti. Il est devenu une cible potentielle. Et il a désespérément besoin d'un avocat pour le sortir de ce pétrin.

Alors, il m'appelle.

On se rencontre.

Et je décide de devenir son avocate.

PREMIÈRES FOIS

(Printemps 2018)

Le Repenti

Retour à notre première rencontre, en mars 2018.

C'est donc en qualité de repenti que ce client pas comme les autres fait appel à moi. Sauf que ce statut même, dans les faits, est complètement schizophrène !

Pour l'instant, mon client est repenti d'un point de vue administratif. En substance, on le désigne indistinctement comme repenti, témoin protégé ou collaborateur de justice. Bien que distincts d'un point de vue juridique, le traitement et la prise en charge de ces profils sont identiques d'un point de vue administratif, et sont assurés par les mêmes entités, le SIAT et la CNPR.

Le qualificatif de « repenti » permet d'inscrire un individu dans un programme qui assure sa protection et sa réinsertion, et dont il nous reste à voir l'étendue des limites.

Mais pour autant, qui dit repenti administratif ne dit absolument pas repenti judiciaire ! Ce statut ne peut être officiellement attribué qu'une fois rendue la décision de justice prise par un tribunal ou une Cour d'assises qui juge si les conditions prévues par le Code sont remplies. C'est également l'instance judiciaire qui tranche sur l'exemption ou la réduction de peine.

On peut donc être repenti sans être repenti. Une bonne part des soucis de mon client vont découler de là.

Pour des raisons pratiques, et parce qu'il a été considéré comme tel *d'un point de vue administratif* dès son passage aux aveux, je désignerai donc désormais mon client comme « le Repenti ». En dépit du fait que son statut ne fut débattu *légalement* que bien plus tard.

Mon inconnu devenu repenti est pris en charge par le Service interministériel d'assistance technique (SIAT). Ce service, rattaché à la Direction centrale de la Police judiciaire, a pour mission de lutter contre la criminalité, notamment à travers les opérations d'infiltration et la gestion des indics. Ce sont les agents du SIAT qui escortent le Repenti lors de notre premier rendez-vous.

En entrant dans le programme du SIAT, le Repenti se voit conseiller un avocat proche des policiers. Le conflit d'intérêts est évident. Il refuse. Ayant lu des articles à mon sujet, il décide de me contacter pour solliciter mon aide.

Mais son choix n'est pas celui du SIAT.

Et ils étaient bien décidés à nous faire sentir que la situation ne leur plaisait pas.

Dès cette première entrevue, je comprends que m'occuper du Repenti va impliquer des réalités auxquelles je n'ai jamais été confrontée jusqu'alors.

Et le SIAT y joue un rôle.

Première particularité : je ne pourrais jamais recevoir mon client à mon cabinet. Au cours des années qu'a duré cette affaire, nous avons donc écumé nombre d'endroits dans Paris et dans la proche banlieue. Ils étaient avant tout choisis pour nous permettre de disposer de lieux de confidentialité tout en assurant sa sécurité.

Pour des raisons de sécurité toujours, nos rendez-vous étaient systématiquement organisés par l'intermédiaire du SIAT, qui, une fois la date choisie, fixait le lieu de rendez-vous et me le communiquait.

Deuxième particularité : à chacune de nos entrevues, le Repenti était accompagné par les policiers du SIAT. Moi, je venais seule. Et ce déséquilibre a contribué à instaurer une atmosphère étrange.

Bien sûr, je suis habituée aux ambiances lourdes ou méfiantes, que ce soit lors de mes rendez-vous avec des clients ou lors d'audiences. À ceci près que cette fois, je ne m'apprêtais pas à plaider, à dénoncer ou à dire quoi que ce soit qui risquerait de fâcher les policiers : j'allais juste voir un client.

Pourtant, la méfiance de ceux qui l'escortaient envers moi était palpable.

Je ne dis pas que les rapports entre la police et les avocats pénalistes sont toujours simples. Mais dans le cas du Repenti, son statut même implique qu'il existe un dialogue entre lui et la police. On aurait donc pu s'attendre à des rapports plus fluides de collaboration avec les membres du SIAT.

Mais c'était tout le contraire.

Je n'étais pas la bienvenue.

Ce que je ne comprenais pas encore, c'est à quel point cette méfiance policière allait se retourner contre mon client.

De mon côté, j'évolue en terrain inconnu. À l'époque, je suis pourtant forte de vingt-trois années d'exercice professionnel. Mais avec mon client, c'est tout un univers que je découvre.

Quand j'accepte son dossier, je ne sais pas encore que je vais me heurter à la fois au droit et à sa mise en pratique.

À ce moment-là, je connais encore mal les dispositions prévues par le Code de procédure pénale qui s'appliquent autant pour la protection d'un repenti que d'un témoin, notamment le recours à une identité d'emprunt.

J'en ai, bien sûr, une vague idée, mais elle est un peu factice et emprunte largement aux clichés du cinéma américain, qui a mis en scène de nombreux personnages de témoins protégés et de repentis.

La réalité, et en particulier celle de la pratique à la française, est une autre affaire…

Imaginez ma réaction quand le Repenti me raconte qu'il est rentré dans un programme de protection. Naïvement, je me dis qu'il doit vivre avec sa famille en la présence de policiers qui sont là H24. Eh bien, ce n'est pas du tout le cas ! Pour le dire franchement, c'est assez incroyable.

Le Repenti m'explique que son entrée dans le programme s'est accompagnée d'un contrat.

Je pars du principe, en bonne juriste, que ce contrat est en sa possession. Je demande à le voir.

En fait, non.

Si le Repenti a effectivement signé un document écrit, il n'en a jamais reçu la copie.

En 2018, je pense encore que ce détail est un risque de fragilité pour lui et les siens, rien de plus. Mon rôle est d'accompagner le Repenti au cours de la procédure pénale pour laquelle il allait être mis en examen à l'été 2018.

En réalité, deux ans plus tard, je mesurerai l'importance capitale de ce détail, dont les conséquences se révéleront catastrophiques.

Pour l'heure, mon client avait décidé de parler. Sa vie allait s'en trouver définitivement bouleversée. Il embarquerait avec lui sa famille, sa femme et ses enfants. Ni lui ni moi ne pouvions mesurer, en 2018, que cette décision était un saut dans le vide.

L'aurait-il su, aurait-il fait ce choix ?

Embarquée, je le fus également. Bien sûr, j'allais être impactée dans une moindre mesure, mais cette affaire me fit découvrir les dysfonctionnements, les carences et les lacunes du statut de Repenti. L'absence totale de garanties et de sécurité qui entourent celui qui accepte de parler.

Les cinq années que durerait cette affaire me forceraient à m'interroger sur le système judiciaire, sur les rapports entre la justice et la police, et même sur l'exercice de mon métier.

Pas mal comme baptême du feu, non ?

Parenthèse

J'espère qu'on me pardonnera un aparté juridique. Cela me semble nécessaire à ce stade pour comprendre les enjeux qui vont se cristalliser par la suite autour du cas du Repenti.

Le but n'est pas de faire une assommante leçon de droit, mais d'identifier les faiblesses et les limites des textes de droit français. Le jour où ces textes seront adaptés, ils permettront, à mon sens, d'inciter plus d'individus à collaborer avec la justice.

Commençons par un peu de linguistique.

Selon le Larousse :

Repenti *(n. m.) : 1. Qui s'est repenti, qui s'est corrigé d'un défaut, d'un vice.*

2. Dans certains pays, malfaiteur ou terroriste qui accepte de collaborer avec la justice en échange d'une diminution de peine.

Cette définition en deux temps me semble très intéressante. Dans le premier cas, la perspective morale est forte : on se repent dans le but de se corriger.

Dans le second cas en revanche, la morale est complètement reléguée au second plan. C'est la motivation opportuniste qui semble l'emporter.

Ainsi, pour le criminel, collaborer reviendrait, sur un plan moral, à opérer un choix opportuniste : conserver son amitié avec un mafieux parce qu'elle procure des avantages, ou le trahir pour s'éviter une lourde peine ?

On notera d'ailleurs que le mot « collaborer » est perçu négativement et ce, même en dehors des cercles criminels ; une certaine période de notre histoire nationale y est sûrement pour quelque chose…

Et le langage criminel ne s'y trompe pas. La justice appellera le Repenti « collaborateur », quand l'Autre le désignera comme « le traître » ou « la balance ».

Ces connotations péjoratives n'aident pas celui qui voudrait parler à le faire, et ne sont pas faites pour le rassurer.

Et en termes de loi ? Notons déjà que l'article 132-78, dit du repenti judiciaire, n'a été introduit dans le Code pénal français qu'avec la loi 2004-204 du 9 mars 2004 portant sur l'adaptation de la justice aux évolutions de la criminalité.

Avant cela, le statut de repenti se heurtait à un vide juridique.

C'est certainement dans un but incitatif que les législateurs ont fini par introduire cet article, qui reste très peu connu des praticiens.

Lors de l'audience devant la Cour d'assises de Paris en charge de juger l'évasion de Réau (dont il sera bientôt question), j'ai pu me rendre compte que les avocats, les policiers et même certains magistrats ignoraient tout de l'article 132-78, du dispositif dit de protection et de la gestion du nom d'emprunt.

Pour ceux qui le chercheraient, que ce soit dans leur exemplaire Dalloz rouge ou leur exemplaire LexisNexis bleu, il se trouve dans l'index à la lettre R : Repenti 132-78.

Seulement voilà, vous aurez beau lire et relire cet article, vous n'y verrez jamais mentionné le terme « repenti ».

Cette appellation n'existe pas dans le Code pénal français !

Une preuve, s'il en était besoin, de la frilosité du législateur pour consacrer le repenti.

Quoi qu'il en soit, l'article 132-78 instaure un certain nombre de principes que je voudrais commenter brièvement[1].

À commencer par le quatrième alinéa, qui est capital ! Il affirme en effet qu'aucune condamnation ne peut être fondée uniquement sur les accusations d'un tiers. Cela signifie que la parole seule du Repenti ne suffit pas.

Et c'est une bonne chose. Si ce n'était pas le cas, il suffirait d'accuser tout un chacun de n'importe quoi pour le faire condamner, et l'arbitraire serait à portée de tous !

On ignore quel est le moteur qui poussera finalement celui qui dénonce : l'intérêt, la culpabilité, la vengeance ? La palette de sentiments dans ce domaine est aussi variée qu'en amour – et qui aime bien châtie bien.

Heureusement, dans un souci de rigueur à mettre en regard des enjeux et de la gravité des peines, une condamnation doit être fondée sur des preuves qui corroboreront les déclarations. Ça peut être le cas par exemple d'écoutes téléphoniques, de surveillance, etc.

Je note que tout le long de cette affaire, l'Autre a clamé qu'il avait été condamné à cause d'une balance. L'article 132-78 affirme bien pourtant que la parole de ladite balance seule ne suffit pas. Si l'Autre a été condamné, c'est parce que la parole du Repenti venait corroborer d'autres éléments de l'enquête : elle n'en était pas la pièce maîtresse.

On comprend bien ici l'importance de l'alinéa 4, qui vient remettre en perspective le statut de la parole du Repenti.

En revanche, je trouve les trois premiers alinéas totalement inadaptés.

Évidemment, ne sont concernés par l'article 132-78 que ceux qui ont tenté de commettre ou qui ont participé à une

1. Les différents textes légaux commentés dans *L'Avocate et le Repenti* sont reproduits dans leur intégralité en annexe de cet ouvrage, p. 177-205.

infraction : pour être exempté de peine ou pour obtenir une peine réduite, encore faut-il être l'auteur d'un comportement pénalement répréhensible.

Le problème, c'est que le bénéfice de l'exemption de peine ou de la réduction de peine ne peut être accordé qu'au moment du jugement. L'individu qui décide de parler en garde à vue, ou devant un juge d'instruction, ne saurait donc se prévaloir d'une réduction de sa peine.

J'insiste sur cet état de fait lourd de conséquences : au moment de passer aux aveux, quand le choix s'offre de parler ou non au criminel, aucune garantie d'une quelconque compensation ne peut lui être donnée !

Ce qui est « garanti » en revanche, c'est que le retour en prison est compliqué quand on vous considère comme une balance. Et c'est un euphémisme.

Dès lors, qui, dans ce contexte, aurait envie de collaborer ?

J'avais été confrontée à un cas similaire dans le cadre d'un dossier de trafic de stupéfiants. Lors de la garde à vue, le gardé à vue[1] avait accepté de donner un nom. La police, croyant bien faire, avait même fait noter sur le procès-verbal qu'il bénéficierait d'une réduction de peine !

Or, cela va à l'encontre des termes de la loi. Ni les policiers, ni les gendarmes, ni les juges d'instruction, ni les procureurs ne peuvent assurer à un individu qu'il bénéficiera d'une exemption ou d'une réduction de peine.

Dans ce dossier, la juge d'instruction avait noté que le mis en examen collaborait avec la justice tout en reconnaissant qu'elle

1. La manière de désigner l'individu mis en cause évolue en fonction du stade de la procédure : au moment de la garde à vue, il est appelé *gardé à vue* ; à l'étape de l'instruction (procédure menée par un juge d'instruction), il est appelé *mis en examen* ; lors de l'audience correctionnelle qui se tient devant un tribunal judiciaire, il est appelé *prévenu* ; lorsqu'il passe devant une Cour d'assises, il est appelé *accusé* ; lorsqu'il comparaît devant une Cour d'appel, il est désigné comme *appelant* ; enfin, après la condamnation, il est appelé *condamné*. *(Note de l'autrice.)*

ne pouvait lui garantir qu'il aurait droit à une réduction de peine, car aux termes de l'article 132-78, seule la juridiction pouvait lui « accorder le bénéfice de ces dispositions » – autrement dit, ce n'est qu'à l'issue de la procédure que le statut de repenti judiciaire pouvait lui être reconnu.

L'affaire a été examinée pendant une semaine au tribunal judiciaire de Créteil. Le prévenu en détention a confirmé toutes ses déclarations, et il l'a fait publiquement.

Pourtant, au moment des réquisitions, la procureure de la République a requis huit ans d'emprisonnement, en demandant d'exclure le prévenu des dispositions de l'article 132-78.

Il a fallu rappeler tous les risques encourus par le prévenu en acceptant de parler pour que le tribunal lui accorde l'application de l'article 132-78 et le condamne à une peine de cinq ans.

Il avait donc bien été reconnu comme repenti, mais il devait rester détenu. Et ce alors même que tout le monde avait pu entendre ce qu'il avait dit et l'identifier.

Le retour à la prison a été compliqué…

On le voit, même pour des affaires « simples », l'article 132-78 est insuffisant car il n'offre aucune garantie.

Dans le cas du Repenti, ce flou juridique s'est doublé de plusieurs procédures qui ont rendu la situation particulièrement complexe. Et m'ont fait douter de la capacité de nos institutions à faire appliquer la justice.

Repenti ou témoin protégé ?

Voilà pour la théorie. En pratique, qu'est-ce que ce cadre juridique impliquait pour mon affaire ?

Nous sommes de retour en décembre 2017. Le Repenti vient d'être placé en garde à vue pour blanchiment d'argent, infraction à la législation sur les stupéfiants, extorsion de fonds et association de malfaiteurs.

Quel est son statut à ce stade ?

Si l'on se réfère au Code pénal, l'article 132-78 distingue deux types de repentis : celui qui participe ou a connaissance d'un crime à venir, et alerte les autorités pour y mettre un terme (alinéa 1) ; et celui qui a commis ou tenté de commettre un crime, et qui collabore *a posteriori* (alinéa 2).

Le premier ne correspond pas à mon affaire. Le crime avait déjà eu lieu, puisque mon client était en garde à vue.

Et le deuxième ?

Regardons dans le détail.

Durant sa garde à vue, mon client évoque effectivement avec la police sa participation aux extorsions et au blanchiment, ainsi que l'association de malfaiteurs. Mais à cette occasion, tous les noms qu'il cite sont déjà connus de la police. Il n'a donc pas permis d'« identifier les auteurs ou complices », ni d'« éviter la réalisation de l'infraction » (soit deux exigences de l'article 132-78).

Il n'est donc pas un repenti au sens strict du droit pénal.

Dans cette affaire, il aura le statut de mis en examen, puis de prévenu devant le tribunal, puis de condamné une fois la peine prononcée.

En revanche, au cours de cette garde à vue, les déclarations qu'il a faites sur le double assassinat feront de lui un témoin protégé.

Et de fait, le statut de témoin ne rentre pas dans les dispositions de l'article 132-78.

Seulement voilà, mon client avait fréquenté l'Autre pendant une bonne partie de l'année 2017. Il avait été à ses côtés. Vécu les choses de l'intérieur. Il avait vu, entendu, échangé avec les uns et les autres. C'est tout un microcosme du crime organisé qu'il pouvait dévoiler aux policiers. Il en savait beaucoup.

Il en savait sans doute trop.

Lui se retrouvait en garde à vue, ainsi que sa femme. Il était conscient qu'il risquait de tout perdre. S'il choisissait le silence, c'était l'aller simple pour la prison. S'il parlait en revanche…

Quant aux policiers, ils ont dû rapidement réaliser qu'il savait des choses qui dépassaient largement le cadre de la garde à vue et l'affaire d'extorsion. Après tout, il était prêt à évoquer avec eux le double assassinat de Bastia-Poretta. Il pouvait même leur donner un nom. Ce qu'il avait à dire intéressait au plus haut point la police et la justice.

Alors les policiers lui ont (semble-t-il) dit qu'il était un repenti, en s'appuyant précisément sur l'article 132-78 du Code pénal.

Même si rien, dans cet article, ne correspond à la situation de mon client.

Il est repenti au sens administratif du terme, mais il ne l'est pas au sens juridique.

D'ailleurs, il a été traité indifféremment comme un repenti, un témoin protégé et un collaborateur de justice. Comme si tous ces statuts se valaient.

Le retard de la France en matière de repenti et de témoin protégé s'est fait sentir tout au long de cette affaire. Je l'explique à la fois par des dispositions législatives inadaptées et obsolètes, et par un manque flagrant d'intérêt du pouvoir politique pour la question.

Alors, repenti ou témoin protégé ?

À nouveau, il m'est impossible d'avancer dans mon récit sans me référer dans le détail au Code de procédure pénale.

Tout comme le statut de repenti est délimité par l'article 132-78 du Code pénal (mais jamais explicitement cité), le Code de procédure pénale prévoit un titre 21 « De la protection des témoins ».

À la lecture des articles de ce titre, on constate que la difficulté pour un témoin de parler est prise en compte par le législateur. Le dispositif est fait pour inciter au témoignage en dépit des réticences naturelles de l'intéressé. C'est ainsi qu'il est prévu une contrepartie sous forme de protection graduelle, liée à la qualité du témoin.

Car tout comme il existe différents cas de repentis, il existe différents cas de témoins.

Il y a le témoin classique, celui qui témoigne et qui n'a pas besoin de protection particulière. Celui, par exemple, qui a vu une voiture prendre la fuite. Ça pourrait être vous ou moi. Ce témoin visuel peut se révéler très important, mais il ne met pas en cause directement une personne physique, et il n'y a donc pas lieu de protéger son identité.

Il y a le témoin qui, du fait de ses fonctions, concourt à la procédure. Ce témoin-ci est autorisé à déclarer comme domicile l'adresse du service dont il dépend (article 706-57 du Code de procédure pénale). Lorsque les enquêteurs, par exemple des policiers ou des gendarmes, viennent témoigner à la Cour d'assises, ils déclarent systématiquement l'adresse de leur service. C'est une manière de protéger leur vie privée et leur famille et d'éviter des risques de représailles.

Et puis, il y a le témoin qui doit être protégé, parce que son témoignage est de nature à mettre en danger sa vie ou celle des siens.

Dans certaines affaires criminelles ou correctionnelles, si la peine encourue est supérieure à trois ans, il peut être accepté sous certaines conditions que le témoignage se fasse de manière anonyme (article 706-58 du Code de procédure pénale).

Dans ce cas, aucun élément d'identité n'apparaîtra en procédure.

C'est le souci de protection qui prime, mais il ne va pas sans poser des problèmes d'exercice des droits de la défense.

En effet, comment vérifier dans ces conditions la fiabilité du témoignage ? Comment juger de l'opportunisme du témoin ? Et les confrontations dans le cadre de l'enquête, quand elles sont acceptées, sont ardues car elles se font avec un individu retranché derrière un écran.

Le Code de procédure pénale prévoit une disposition permettant la levée de l'anonymat (article 706-60 du Code de procédure pénale), mais en pratique, je n'ai jamais vu le cas se produire.

L'article 706-63-1 du Code de procédure pénale accorde les mêmes dispositions aux « personnes mentionnées à l'article 132-78 du Code pénal ». Autrement dit, les repentis.

On le voit, le Code de procédure pénale instaure donc une équivalence, sinon de statut, du moins de traitement, entre le témoin protégé et le repenti. Le cas de mon client ne cesse d'osciller entre l'un et l'autre.

Et ceux qui auront eu la curiosité d'aller voir en fin d'ouvrage les articles dans leur intégralité constateront que la loi est dense, et les statuts complexes.

On pourrait facilement passer à côté d'une disposition noyée dans la masse.

Notamment cette toute petite phrase de l'article 706-63-1 du Code de procédure pénale : *[Une] commission fixe les obligations que doit respecter la personne et assure le suivi des mesures de protection et de réinsertion, qu'elle peut modifier ou auxquelles elle peut mettre fin à tout moment.*

Une toute petite phrase aux conséquences terribles.

LE TEMPS DES BATAILLES

(2018-2022)

Un couple explosif

Maintenant que je suis l'avocate du Repenti, une première tâche m'incombe : composer avec le SIAT. Souvenez-vous, le SIAT est ce programme rattaché à la police qui a pour charge d'assurer la protection et la réinsertion du Repenti.

Ce sont eux qui l'escortent à tous nos rendez-vous.

Ce sont eux qui me regardent avec méfiance, parce que peu de personnes font partie du programme, et que la plupart acceptent un avocat choisi par la police. Alors ils ne comprennent pas pourquoi le Repenti a fait appel à moi. Ils ne comprennent pas ce que je fais là.

Ils ne comprennent pas, ou ils ne tolèrent pas.

Et moi, je ne comprends pas leur attitude, encore aujourd'hui. La liberté de choisir son avocat est une évidence. Alors pourquoi traitent-ils mon client comme s'il avait commis une faute ?

D'eux, je ne connais que leurs visages, et un prénom d'emprunt. Les escortes changent sans arrêt. Le chef de l'équipe n'est pas toujours le même, lui non plus.

En fait, les relations entre le Repenti et le SIAT étaient déjà compliquées avant même que je m'invite dans le tableau.

Elles débutent en mars 2018, lorsque le président du tribunal judiciaire de Paris rend une décision de justice qui consacre la nouvelle identité du Repenti, conformément aux dispositions de la loi.

C'est le SIAT qui est chargé de les accompagner, lui et sa famille, dans leur nouvelle vie.

Accompagner et non protéger : comme je l'ai dit, le Repenti ne vivait pas sous protection policière.

Sa seule protection, c'était une nouvelle identité et une nouvelle adresse.

En cinq ans, vous pouvez imaginer qu'il y a eu plus d'un déménagement.

Chaque fois, c'est le SIAT qui s'occupe de lui créer une nouvelle vie, et de l'accompagner tout au long du processus.

Seulement, rien dans les textes ne donne l'impression que le Repenti a voix au chapitre. L'administration a pour charge d'assurer sa protection et sa réinsertion, mais tout se passe comme si le SIAT avait affaire à un dossier, et non à un homme, un citoyen doté de droits, dont celui de disposer de sa propre vie.

Un homme est fait de chair et d'os.

Un homme respire, vit et pense.

Un homme dispose d'un libre arbitre. Il aspire à mener sa vie comme il l'entend. Il souhaite être libre, autant qu'il est possible dans un État de droit.

Mais dans ce système, les dés sont faussés. Sous prétexte de protection, on place les individus sous la coupe du SIAT.

Quand il m'a choisie pour avocate, en dépit de leurs recommandations, le Repenti leur a fait un pied de nez.

Pourtant, aucun texte n'autorisait le SIAT à le *contraindre* dans son choix. Mais ils ont fait preuve de ce que j'ai ressenti comme une hostilité affichée à mon encontre, comme si le Repenti avait dépassé les bornes en n'obéissant pas à leur suggestion.

Au vu de la suite des événements, je me demande comment tout cela aurait fini s'il s'était conformé au choix du SIAT. Son avocat n'aurait pas été indépendant. Dès lors, comment aurait-il pu le conseiller ?

Dans les faits, les relations entre le Repenti et le SIAT sont censées diminuer au fil du temps. Au départ, la mise en place du protocole de protection et de réinsertion exige un lien régulier. La création d'une nouvelle identité nécessite une gestion du quotidien et la création d'une légende à raconter aux tiers.

Ce changement de vie s'accompagne d'une compensation financière calculée sur la base de ce que gagnait le Repenti avant d'entrer dans le programme, et du train de vie qu'il menait. Les fonds proviennent de l'AGRASC (Agence de gestion et de recouvrement des avoirs saisis et confisqués).

Cette compensation financière est dégressive. Et, comme je le découvrirai par la suite, des sanctions financières peuvent s'exercer. Ce qui n'est pas prévu en revanche, c'est la présence d'un avocat en cas de contestation avec le SIAT...

Dans le cadre judiciaire, chaque fois que le Repenti est convoqué par un juge, ou chaque fois qu'il me voit, il est systématiquement escorté par le SIAT.

Rapidement, les tensions apparaissent entre les « anges gardiens » du SIAT et le Repenti.

Il faut dire que ce dernier est pour eux un profil atypique : c'est un homme mûr, pas un jeune homme. Il a beaucoup voyagé. Il est diplômé. Il est capable de raisonner, de leur tenir tête, de leur répondre. Il n'a pas sa langue dans sa poche.

Et ça, ça ne leur a vraiment pas plu.

Certains membres du SIAT ne supportaient pas le Repenti. Dès lors, ils ne comprenaient pas pourquoi ils devaient l'aider, pourquoi eux-mêmes passaient plus de temps avec lui qu'avec leur propre famille.

Bientôt sont venues les premières remarques déplacées sur son mode de vie, sur sa femme...

Il est évident pour moi que le SIAT n'a pas su gérer sa relation avec le Repenti.

Peut-être auraient-ils dû se mettre à sa place et faire montre de davantage de patience.

Le SIAT, à l'époque, n'a pas encore un grand retour d'expérience et n'a jamais eu à « gérer » un tel profil.

C'était un homme, un mari, un père. Il est évident que, dans ce contexte, il était difficile pour lui de se voir dicter des consignes, des instructions, de devoir les suivre à la lettre.

De se voir chapeauté dans ses moindres faits et gestes.

De se retrouver dépendant du SIAT.

D'entendre des réflexions sur sa famille, sa vie, ses choix.

Et ça, le SIAT ne le comprenait pas, ou refusait de le comprendre.

La mission du SIAT paraissait simple : escorter le Repenti à chaque rendez-vous judiciaire et l'aider à construire une nouvelle vie en lui trouvant un travail, un domicile, une école pour les enfants...

Mais *quid* des aspects psychologiques ? Qu'est-ce que cela implique d'aider un homme qui a décidé de parler ? Comment l'accompagner pour gérer sa nouvelle vie alors qu'il continue d'être confronté à l'ancienne, *a fortiori* quand elle implique le grand banditisme ?

Certes, ce n'est pas facile. Mais n'est-ce pas très précisément le rôle du SIAT, de gérer cette difficulté ?

La formation psychologique des membres du SIAT me paraissait inexistante – ou complètement nulle.

Certes, le Repenti avait accepté de collaborer avec la justice, mais il ignorait ce que cela impliquait dans les faits. Il avait parlé en échange d'une protection et d'une réinsertion dans une nouvelle vie.

Du jour au lendemain, lui et sa famille avaient dû couper les ponts avec leur quotidien, avec leurs amis.

Du jour au lendemain, ses enfants ont dû quitter leur école.

Du jour au lendemain, il n'y avait plus de futur prévisible.

Du jour au lendemain, ils devaient s'habituer à vivre dans l'inquiétude.

Leur vie est devenue un enfer.

Personne ne lui a jamais expliqué, en 2017, ce que ça impliquait concrètement d'entrer dans le programme, et le niveau d'intervention du SIAT.

Et voilà que le Repenti et sa famille se retrouvaient entre les mains d'un service qui se révélait à mon sens inadapté.

Et de fait, les incidents se sont multipliés.

Le SIAT gérait tout, y compris la création d'une fausse identité.

Faux CV, faux bulletins de salaire, faux papiers…

Cela m'a paru surréaliste quand je l'ai découvert : un service de police s'occupant de produire des faux.

Et il ne s'agit pas seulement de papiers. C'est aussi le SIAT qui allait toquer aux portes pour faire inscrire les enfants dans une école et les parents dans une formation, ou pour louer un toit. Et ils ne pouvaient pas vraiment débarquer en disant : « Bonjour, c'est pour un repenti ! »

Il fallait des scénarios sans failles. Mais le SIAT n'était pas infaillible.

Une première fois, c'est la constitution d'un dossier pour la location d'une maison qui expose le Repenti et sa famille : les incohérences sautent rapidement aux yeux, et les voilà démasqués.

Il leur faut déménager, et tout recommencer de zéro, une fois encore.

La fois suivante, c'est pire.

Le SIAT avait inscrit le Repenti dans une école pour suivre des cours. Cela participait de la nouvelle vie qu'ils étaient en train de lui construire. Seulement voilà, la directrice lui a demandé de quitter la formation.

Version du Repenti : la directrice a découvert que le CV qu'il avait présenté dans son dossier était un faux. Il n'a eu d'autre choix que de lui expliquer qui il était réellement. Cette révélation a entraîné de la crainte, et elle a décidé de son renvoi.

Version du SIAT : c'est à cause de son comportement que le Repenti a été viré.

Sauf que l'école coûtait cher, et que l'année scolaire avait déjà été réglée. Au vu de la somme, le SIAT a décidé d'une sanction financière, assortie d'un avertissement.

Une pression énorme s'exerçait sur le Repenti.

Bien sûr, cette décision a été prise unilatéralement, sans concertation, sans que je puisse défendre la cause de mon client, et sans recours possible.

Ambiance...

Pour le meilleur ou pour le pire, les existences du Repenti et de sa famille étaient désormais liées au SIAT. C'était comme un couple, mais un couple imposé, où la communication serait rompue, et les tensions permanentes.

Alors j'ai cherché un conciliateur.

Conciliation

L'enjeu était de taille. Afin de tenter de dénouer les tensions entre le Repenti et le SIAT, il fallait que je parvienne à entamer un dialogue. Mais avec qui ? Le seul interlocuteur possible était le président de la Commission nationale de protection et de réinsertion (CNPR).

Autant le dire tout de suite : je ne connaissais pas du tout la CNPR. D'ailleurs, je n'en avais jamais entendu parler.

L'article 706-63-1 du Code de procédure pénale évoque l'existence d'une *commission nationale dont la composition et les modalités de fonctionnement sont définies par décret en Conseil d'État.*

Qu'est-ce que cela implique ? Pour faire simple : la loi fixe le cadre général, tandis que le décret précise les modalités d'application. En gros, sans décret, la loi existe mais ne peut être réellement appliquée.

L'article 706-63-1 date de 2004. Quant au texte d'application, il aura fallu attendre dix ans pour que soit pris le décret d'application n° 2014-346 !

Concrètement, rien n'a été mis en place avant 2014. Au moment où je suis désignée avocate du Repenti, cela ne fait que quatre ans que le rôle de la CNPR a été acté.

Autrement dit : on essuie les plâtres.

L'escalade des tensions entre le Repenti et le SIAT ayant atteint son apogée, je me résous à entrer en contact avec le président de la CNPR.

Ce n'était pas mon rôle. Mon rôle, c'est de défendre, pas de gérer les problèmes d'intendance et de communication.

Mais je n'avais pas d'alternative. Les enjeux judiciaires pesaient déjà lourd sur les épaules du Repenti. Nous ne pouvions nous offrir le luxe de voir le programme de protection capoter.

Petit état des lieux. La CNPR est composée de huit membres : quatre magistrats (dont le président) et quatre représentants respectivement des services de police, de sécurité intérieure, de gendarmerie et des douanes. Elle agit sous la double tutelle du ministère de l'Intérieur et de la Justice. Et, détail ô combien essentiel : son secrétariat est assuré par le SIAT.

Question indépendance, on repassera.

Je décide de rencontrer directement le président de la CNPR.

Il est évident que notre rencontre ne va pas se faire en terrain neutre, car nous avons un historique. Je l'avais connu alors qu'il occupait une autre fonction. Nous avions été adversaires lors d'un procès d'assises pour la tentative d'assassinat d'un avocat du barreau de Paris. Dans cette affaire, il était avocat général et j'étais en défense. Il avait requis quinze ans contre mon client. Le procès s'était soldé par l'acquittement des six accusés, dont celui que je représentais. L'affaire avait fait couler beaucoup d'encre.

Le président de la CNPR me reçoit dans un petit bureau de la Cour de cassation. Le but de notre entrevue : aborder les problèmes rencontrés par le Repenti du fait de son statut, et notamment ses relations avec le SIAT.

Le président était conscient de la difficulté. Le Repenti et sa femme étaient décrits comme difficiles à gérer. De fait, le SIAT n'avait jamais eu à traiter ce type de profil. Le Repenti se retrouvait au cœur de plusieurs procès. Son envergure était autre que ce à quoi ils étaient habitués. L'adaptation était complexe à tous points de vue. Cela, le président l'entendait parfaitement. Il prenait note des difficultés, et voulait tout comme moi trouver une solution d'apaisement.

Lui-même n'a jamais croisé physiquement les repentis dont il a la charge. Sécurité oblige, il ignore même leur identité d'emprunt !

C'est d'ailleurs le SIAT qui évalue le profil psychologique des candidats au programme de protection et la menace qui pèse sur eux, et qui propose des mesures de protection adaptées. La CNPR ne fait que valider leurs décisions.

Le président de la CNPR, lui, ne connaît ces individus qu'à travers le dossier papier qu'il reçoit sur eux. Et via le portrait que le SIAT peut faire d'eux en choisissant les informations qu'ils souhaitent laisser filtrer.

Un portrait plus que positif, vous pensez bien…

En me recevant, le président de la CNPR n'accepte donc pas seulement un dialogue, mais un contradictoire. Ce principe, si cher aux avocats et aux magistrats, garantit aux parties qu'elles ne seront pas jugées sans être entendues.

Enfin, c'est ce que je croyais.

Le président de la CNPR me propose de rencontrer le commandant du SIAT.

Cette rencontre a lieu avec l'un de ses collègues dans un café à proximité du tribunal judiciaire, porte de Clichy.

Dans la mesure du possible, le commandant du SIAT m'expose les difficultés qu'il rencontre à « gérer » le Repenti. Moi j'essaie de lui expliquer que cette gestion est un poids pour mon client, qu'il la subit en serrant les dents.

Et malgré ma bonne volonté, cet échange tourne vite au dialogue de sourds.

Quant au président de la CNPR, malgré ses bonnes dispositions, il se retrouve dans une situation inextricable.

Le président acceptait de me recevoir. Il m'accordait son oreille et était prêt à relayer au SIAT mes doléances.

Mais c'était aussi le président de la CNPR, il était à la fois juge et partie dans cette histoire.

Il ne pouvait pas se transformer en porte-parole de la défense. D'autant que les lois et décrets n'avaient pas prévu que cette défense puisse être convoquée, entendue ou écoutée.

Le problème, c'est qu'aucune disposition légale ne permet à mon client de se faire entendre : le Repenti n'avait même pas eu droit à la copie du contrat qu'il avait signé.

Et moi, je n'avais aucun droit à prétendre à l'écoute de la CNPR.

Et le SIAT n'a pas supporté que je tente de rétablir la communication.

Je n'ai jamais su ce qu'ils se sont dit, ce qui a été exigé, si des moyens de pression ont été utilisés.

Ce que je sais avec certitude, c'est que l'oreille du président de la CNPR, qui me semblait acquise, s'est bouchée du jour au lendemain.

Et je n'ai aucun doute quant à la raison de ce silence : c'était le SIAT, qui avait demandé au président de la CNPR de ne plus me recevoir. Je l'ai su de source sûre.

Mon seul moyen de communication avec la CNPR, désormais, c'était les e-mails et les courriers envoyés en recommandé. Je les ai tous gardés.

Le plus terrible, pour moi, c'était le sentiment d'impuissance. Le SIAT racontait ce qu'il voulait à la CNPR, sans que je puisse faire valoir une autre version des faits.

La loi n'avait, une fois encore, rien prévu pour garantir les droits du Repenti. Mais en fait, en avait-il ?

Bien sûr, je restais à l'écoute de mon client et je continuais de le voir régulièrement pour préparer les échéances judiciaires qui allaient jalonner son parcours.

Mais je n'avais plus d'interlocuteur pour apaiser les tensions.

Je craignais le pire.

Et le pire s'apprêtait à nous tomber dessus.

La fuite

Deuxième tâche à laquelle je m'attelle en tant qu'avocate : comprendre par quel mécanisme les propos tenus par mon client lors de sa garde à vue en décembre 2017 ont pu se retrouver imprimés dans un article de presse.

Comment le journaliste avait-il pu avoir accès à des déclarations aussi explosives ? Pire encore, comment avait-il pu décider de les publier et de mettre en danger un homme, mais aussi sa famille ?

Je ne suis pas naïve. Je sais parfaitement que les journalistes ont leurs sources.

Mais au vu du caractère sensible de la procédure qui concernait mon client, je ne parviens pas à comprendre comment quelqu'un a pu prendre la décision de transmettre de telles informations au journaliste.

Ce « quelqu'un » ne peut pas être un avocat car, pendant la garde à vue, l'avocat n'a pas accès à la procédure. Et quand le Repenti a été entendu dans le cadre de l'affaire dite du double assassinat, il l'a été en tant que témoin sans avocat.

Je vois mal un magistrat instructeur faire fuiter l'info, car son rôle et son intérêt est de protéger le témoin et les révélations qu'il est en mesure de faire. Il serait donc absurde pour un magistrat de diffuser de telles informations, alors que la procédure est toujours en cours.

Le risque de fuite étant ainsi limité, il est possible de penser qu'elle ait eu lieu au niveau policier.

En effet, dans le cadre de procédures sensibles, les informations de garde à vue remontent toute la chaîne de la hiérarchie policière, jusqu'au cabinet du ministre de l'Intérieur.

À quel niveau la fuite a-t-elle eu lieu ? Je ne l'ai jamais su.

Quoi qu'il en soit, en décidant d'écrire et de publier son article, le journaliste a de manière irresponsable mis en danger le Repenti.

Il y mentionnait des éléments de sa biographie qui permettaient de l'identifier très clairement.

Et puis, il remettait discrètement en question sa fiabilité, évoquant ainsi « un invraisemblable mythomane ».

Alors bien sûr, il y a eu une enquête.

L'article 706-63-1 du Code de procédure pénale est on ne peut plus clair sur le sujet : le fait de révéler l'identité d'une personne protégée est puni de cinq ans d'emprisonnement et de 75 000 euros d'amende[1].

Mais devinez quoi ? L'enquête a abouti à un classement sans suite.

Tout est question d'éthique.

Dans cette affaire, j'explique certaines aberrations par le niveau (ou en l'occurrence, l'absence) de connaissances sur le sujet.

Moi-même, je me trouvais face à la situation inédite de défendre quelqu'un qui s'était vu accorder le double statut administratif de témoin et de repenti, qui vivait sous un nom d'emprunt et qui était dans l'incertitude de voir son statut de repenti judiciairement reconnu.

1. En 2017, une circulaire vient compléter et renforcer le dispositif de la protection de l'identité d'emprunt des repentis. Elle est rattachée à la loi 2017-1510 du 30 octobre 2017 renforçant la sécurité intérieure et la lutte contre le terrorisme. La circulaire vient corriger l'article 706-63-1 du Code de procédure pénale et « permet d'incriminer désormais, non plus seulement la révélation de la seule identité d'emprunt de ces personnes, mais également celle du simple fait qu'elles en font usage, ainsi que de tout élément permettant leur identification ou leur localisation ». *(Note de l'autrice.)*

Autrement dit, toutes ces années ont été des années complexes, au fil desquelles l'incertitude s'est accentuée, et qui à ce jour me laissent toujours perplexe : toute vérité est-elle bonne à dire ?

En tant qu'avocate pénaliste, je dois en permanence m'adapter aux situations, mais ici les défaillances mêmes du texte légal ont créé une insécurité juridique pour les cas les plus exposés, dont fait partie mon client.

Dans ce contexte, comment en vouloir à certains journalistes d'être si peu au fait du statut de repenti, et d'ignorer leurs devoirs lorsqu'ils traitent ce genre de cas ?

Nul n'est censé ignorer la loi, certes, mais cette loi-ci comporte pas mal d'angles morts, sur lesquels nous n'aurons de cesse d'achopper, les uns et les autres.

Malgré tout, cet article suscite encore des questions sur les liens existant entre certains services et certains journalistes. Le devoir d'information est primordial, mais garantir la sécurité d'un homme en danger l'est tout autant. Alors pourquoi avoir décidé de publier un tel article, sans aucune précaution ?

Petit bond dans le futur : le même journal qui publiait l'article révélant les déclarations du Repenti en mars 2018 récidive en octobre 2022. Alors que le programme de protection de la CNPR exige le plus de discrétion possible pour assurer la sécurité de ceux qui le rejoignent, un nouvel article du même journaliste déballe l'existence du programme, son fonctionnement, ses liens avec les institutions et même ses défaillances.

Cet article fait suite à une décision inédite rendue par la Cour de cassation la même année et dresse le constat de la remise en cause de la CNPR.

Le tout agrémenté de citations émanant directement du SIAT, qui semble confirmer que le journal concerné entretient des liens de proximité avec ce service. Pour moi, c'est très clair : soit le SIAT soit la CNPR se sert de la presse pour faire passer des messages.

Une fois de plus, le Repenti est évoqué dans l'article avec un luxe de détails qui le rendent facilement identifiable.

Une fois de plus, on place une cible sur son dos.

J'ai immédiatement saisi le procureur général et la Cour de cassation pour dénoncer cet état de fait. Sans jamais avoir reçu de réponse.

Cette fois encore, en vain…

La confrontation

Dans le même temps, les procédures judiciaires se poursuivent.

Car mon client n'est pas seulement un repenti à protéger. Il est aussi un homme qui a assisté ou participé à des activités illégales, dont il doit répondre devant la justice.

Concernant la procédure du double assassinat de Bastia-Poretta initiée au début de l'année 2018, le Repenti intervient uniquement en tant que témoin. Je n'ai donc pas accès à cette procédure, et en ignore à peu près tout, hormis les infos glanées dans les articles qui y sont consacrés.

Quant à la procédure pour laquelle le Repenti avait été placé en garde à vue, elle a débouché sur sa mise en examen, ainsi que celle de l'Autre, le 3 août 2018.

Cette affaire (appelons-la « l'affaire marseillaise », pour plus de clarté) recouvrait trois volets : extorsion de fonds et association de malfaiteurs, stupéfiants et blanchiment d'argent.

Pour le volet d'extorsion de fonds et association de malfaiteurs, le Repenti et l'Autre seront poursuivis ensemble, condamnés ensemble, et aucun des deux ne fera appel.

Pour le volet de stupéfiants, la procédure a fait l'objet d'une disjonction. Le Repenti et l'Autre ne seront finalement pas poursuivis, mais d'autres le seront et écoperont d'une condamnation.

Enfin, s'agissant du volet de blanchiment (les 75 000 euros reçus de l'Autre), la procédure est toujours en cours d'instruction, et le Repenti a reconnu les faits.

Le Repenti a été remis en liberté après sa garde à vue de décembre 2017. Le 3 août 2018, il est donc convoqué par le juge d'instruction du JIRS de Marseille et mis en examen pour blanchiment, faits d'extorsion et association de malfaiteurs.

Bien entendu, je l'accompagne.

Pas d'inquiétude particulière : j'ai l'habitude des convocations et des interrogatoires. Mais là encore, comme à chaque étape de cette affaire, rien ne s'est passé comme j'aurais pu l'imaginer.

Le Repenti est arrivé en compagnie du SIAT. Une fois dans le palais de justice, le bureau du juge a été inspecté pour des questions de sécurité.

Alors ça, c'était une première.

Mon client porte un gilet pare-balles, je porte ma robe d'avocate.

Le Repenti raconte avec force détails au juge les rendez-vous auxquels il a assisté.

Ses propos confirment ce que les sonorisations effectuées par les services de police avaient déjà révélé.

Je lui explique le principe de l'association de malfaiteurs : au vu des faits décrits, il tombait sous le coup de cette incrimination.

Le 30 juillet 2019, le Repenti est de nouveau entendu par le juge d'instruction de la JIRS de Marseille. Il maintient ses déclarations.

Et puis, le 28 mai 2020, arrive le temps de la confrontation.

Il s'agit d'une étape incontournable de l'instruction, qui permet de mettre en présence, en l'espèce, deux mis en examen.

Pour le coup, il ne s'agissait pas d'une confrontation en direct. L'Autre se trouvait en prison, dans la maison d'arrêt des Baumettes. Et à cause du contexte sanitaire (nous sommes en pleine crise du Covid) qui préconise de limiter les déplacements de personnes, il n'en est pas extrait. C'est donc par visioconférence qu'il allait s'adresser à nous.

Quant à son avocat, il assistait également à la confrontation en visioconférence, depuis le tribunal judiciaire de Paris.

De notre côté, mon client et moi nous étions déplacés au tribunal de Marseille.

L'escorte avait été renforcée. Le dispositif était impressionnant.

L'ambiance a été très vite pesante. La tension était palpable. Et la chaleur du printemps, en cette journée marseillaise, n'a rien fait pour alléger l'atmosphère.

Les enjeux étaient énormes : c'était la première fois que le Repenti et l'Autre allaient se « revoir » depuis leur garde à vue.

Ces retrouvailles ont été pour le moins... singulières.

Pour commencer, l'Autre souhaite quitter la salle de visioconférence, afin de mettre fin à la confrontation avant même qu'elle débute. Il faut que son avocat le raisonne pour qu'il accepte de s'y plier.

Et encore, avec réticence, car il se met à nous injurier copieusement, le Repenti et moi, chaque fois qu'il en a l'occasion.

Et ses propos, particulièrement violents, font que la confrontation tourne au pugilat.

Par exemple, quand le Repenti affirme maintenir ses déclarations : « Ivrogne, crapule[1] », et autres interpellations personnelles.

Ou en s'adressant directement à lui : « Espèce de clochard, va ! »

Ou encore, lorsque le Repenti fait remarquer que le climat hostile de la confrontation rend l'entretien compliqué : « C'est toi qui diriges la confrontation, espèce de tapette ? Espèce de salope ? »

Je ne retranscris pas ces propos par plaisir, mais pour témoigner de la rare agressivité dans laquelle s'est tenue cette confrontation.

À force, le juge doit intervenir pour demander à l'Autre de rester calme et de respecter les personnes présentes.

Réponse de l'Autre : « J'ai décidé de me calmer par respect pour vous, mais quant aux autres personnes présentes, je ne respecte personne. »

Si quelqu'un en doutait encore...

1. Pour cette citation et les suivantes, déclarations de l'Autre, procès-verbal de confrontation du 28 mai 2020.

À d'autres moments, l'Autre déclare ouvertement au Repenti : « On réserve des surprises, on va faire venir témoigner toute la Corse », ou encore : « Je peux être de la pire des espèces quand je suis face à ce genre d'énergumène. »

Face à ces paroles, le Repenti finit par demander une courte suspension.

Plus tard, l'Autre me prend à partie : « Vous défendez un beau client ! »

Que cet homme me donne des leçons prêterait naturellement à sourire, si ses propos n'étaient pas empreints d'une telle violence.

Bien sûr, au moment de la signature du procès-verbal, l'Autre se lève et quitte de nouveau la salle de visioconférence. Un agent pénitentiaire court le chercher, mais revient bredouille : l'Autre refuse catégoriquement de signer le procès-verbal de la confrontation, qui lui sera envoyé par messagerie.

Tout cela est extrêmement théâtral.

Mais pour autant, ce n'est pas de la comédie.

C'est le mode de fonctionnement que l'Autre a systématiquement adopté dans tous ses échanges.

C'est en tout cas ce que vient confirmer le jugement qui a été rendu par la suite dans cette affaire, et qui détaillait la série d'extorsions et de tentatives d'extorsion sur deux cents pages !

En garde à vue, l'Autre avait récusé ce terme d'extorsion : « Et non, je ne fais pas d'extorsion, comment faire pour récupérer de l'argent que l'on devait à mon père, sachant que je n'ai menacé personne et que ces individus savent et reconnaissent que cette dette existe[1]. »

Le jugement vient au contraire affirmer l'existence de « violence verbale », de « propos impératifs et catégoriques », de « répétition dans le temps d'insultes et de menaces d'une grande

1. Pour cette citation et les suivantes, extrait du Jugement correctionnel du 15 décembre 2021, tribunal correctionnel de Marseille.

cruauté ». Autant de preuves que l'extorsion ou la tentative d'extorsion sont des faits avérés.

Le tribunal a également relevé que l'attitude de certaines victimes illustrait le profond malaise qu'elles avaient ressenti par rapport à ces rendez-vous, et l'impossibilité dans laquelle elles se trouvaient de les dénoncer.

Le climat d'intimidation était réel. Les victimes étaient « mises sous pression », selon les termes du jugement.

Parmi les menaces de l'Autre qui ont été expressément citées : « Je vais te couper la tête avec une scie rouillée. »

Voilà le genre d'homme auquel nous avions affaire. Et cela devait rendre les audiences à venir très compliquées.

Une existence difficile

Tandis que je m'échine à renouer le dialogue avec mes interlocuteurs et à défendre mon client dans les procédures judiciaires, le Repenti continue, lui, d'organiser sa nouvelle vie au quotidien.

Et c'est un exercice qui s'avère particulièrement ardu.

La faute à qui ?

Réponse facile : à lui. À sa personnalité.

Autre réponse facile : les torts sont partagés.

Mais ici, rien de tel. Les parties n'étaient pas sur un pied d'égalité. Le Repenti *dépendait* du SIAT. Et la CNPR n'a jamais demandé à le voir ni à l'entendre.

Nous avons dû nous débrouiller seuls, lui et moi.

Je ne le nie pas, le Repenti a une personnalité complexe.

Il mène une vie peu ordinaire.

Il a dû faire un choix difficile à assumer.

D'autant plus que ce choix n'impacte pas sa seule personne.

Il a emmené avec lui sa femme et ses enfants.

Sa famille n'avait rien demandé à personne.

Ils ont subi.

Ils ont changé de nom, de région, de maison.

À chaque déménagement, il fallait tout recommencer.

Ils devaient oublier leur vie d'avant.

Car la fausse identité du Repenti implique une histoire montée de toutes pièces, que les enfants doivent pouvoir raconter à leur tour. Ils doivent apprendre à mentir. Ils doivent apprendre à désapprendre. L'identité qui était la leur à la naissance n'existe plus. Ils n'ont d'autre choix que d'adopter une nouvelle vie, encore et encore, alors qu'ils sont encore si jeunes.

Ils doivent grandir trop vite.

Quand on est enfant, nos premiers héros sont souvent nos parents.

Un père qui décide de devenir une balance est-il encore un héros ?

Quand on est parent, comment assume-t-on ce choix face à ses enfants ?

Lit-on de la déception dans leur regard ? Des reproches ? Des regrets ?

Depuis que j'exerce en tant qu'avocate, je rencontre rarement les enfants de ceux que je défends, et pourtant, ils sont présents.

Très présents.

J'en entends évidemment parler lors de nos rendez-vous. J'en connais certains. Leur existence est un fait réel dont je mesure les conséquences : dans mon précédent livre, j'en parlais en les nommant les « victimes collatérales ». À tous les stades d'une procédure judiciaire, de la mise en examen au procès, ce sont les familles au complet qui sont prises dans la tourmente. Et les enfants sont parfois très jeunes.

Souvent, je demande aux détenus ce qu'ils racontent à leurs enfants. Leur disent-ils qu'ils sont en prison ? Essaient-ils de les préserver ?

Comment eux-mêmes, en tant que parents, gèrent-ils la durée de la détention ou de l'incarcération, quand ils savent que ça implique de ne pas voir son propre enfant grandir au quotidien ?

Pire, dans le cas de certains couples : comment fait-on pour maintenir un lien avec son enfant quand ceux qu'on entretenait avec sa mère sont rompus ? Dans les faits, l'association Relais parents-enfants propose un service assuré par des bénévoles qui prennent en charge les enfants, avec l'accord de la mère, pour que leur père puisse les voir. Mais tout le monde n'y a pas recours. Et certaines mères refusent.

Autre cas douloureux : la naissance d'un enfant alors que le père est détenu. Comment vit-on cet événement extraordinaire, quand on ne peut y assister ? Comment vit-on la découverte de son bébé au parloir ? Si tant est qu'on envisage même d'amener un bébé au parloir ?

Ce sont peut-être les cas les plus délicats. D'ailleurs, j'ai toujours senti que le sujet était difficile à aborder pour certains.

Car la question se pose : le parloir, est-ce vraiment un endroit tolérable pour les enfants ?

Des juges d'instruction ont déjà refusé d'accorder un permis de visite, estimant que les enfants n'y avaient pas leur place. D'autres délivrent le permis, mais n'en pensent pas moins. Et puis il y a ceux qui estiment que ça relève de la vie privée, et qu'ils n'ont pas leur mot à dire.

Ce qui est sûr, c'est que les enfants ne sont pas responsables des agissements de leurs parents. Ils les subissent.

Ce constat est terrible.

Comment se construit-on quand l'un de ses parents est à l'ombre, parfois pour de nombreuses années ?

Certes, le Repenti n'était pas derrière les barreaux. Néanmoins, son statut avait un impact direct sur sa femme et ses enfants.

Bien sûr, nous en avons beaucoup parlé, lui et moi.

Et quand il évoquait ses trois enfants, je ne pouvais m'empêcher de penser aux miens. De penser à l'image qu'on renvoie à nos enfants.

De la lourde responsabilité d'être parent, de vouloir bien faire, et parfois de s'y prendre si mal.

Quelles explications le Repenti pouvait-il donner à ses enfants ? Je ne pouvais me résoudre à lui poser la question. Il avait déjà tellement à gérer, entre ses rendez-vous judiciaires, sa nouvelle vie, et un équilibre familial si difficile à préserver.

Tout ce que je peux dire sur son vécu, ce sont des spéculations.

Je crois qu'il est conscient de ce qu'il désigne comme ses « fautes », ne cherche pas à se défausser de sa responsabilité.

Je crois même que lors de sa première garde à vue en 2017, quand tout a basculé, ce n'est pas tant la crainte d'être mis en examen qui l'a poussé à parler, mais le fait de voir sa femme entraînée avec lui.

Le fait de *la* voir payer pour ses choix *à lui*.

Pour moi, il est évident que l'arrestation de sa femme a été vécue comme un choc, qui a pu motiver sa décision de parler.

Mais il est vrai aussi qu'il avait particulièrement mal vécu l'incarcération. Peut-être voulait-il seulement éviter d'avoir à renouveler l'expérience.

Peut-être sa décision est-elle au croisement de toutes ces raisons.

Personne d'autre que lui-même ne le saura jamais. Et encore, je ne sais pas s'il serait en mesure d'expliquer son choix.

Ce dont je suis sûre en revanche, c'est qu'il n'avait pas en tête les conséquences pour sa famille.

On n'imagine pas, avant de le vivre, ce qu'implique le fait de vivre sous une fausse identité.

D'inventer vingt ans d'une vie construite de toutes pièces.

D'exiger le même effort de sa femme et ses enfants.

De leur faire traverser la même épreuve.

On n'imagine pas la solitude.

On n'imagine pas la culpabilité.

L'exclusion

Décidément, le printemps était une saison à part pour le Repenti.

Au printemps 2018, il changeait de nom et d'identité.

Au printemps 2021, il allait vivre une véritable déflagration : l'exclusion.

En effet, après des années de tension, le SIAT avait saisi la CNPR pour demander que le Repenti soit exclu du programme.

Et celle-ci a fait droit à leur demande.

Le 15 avril 2021, à l'unanimité, la CNPR rend un avis d'exclusion du programme de protection.

Sans penser une seule seconde à le convoquer ni à me recevoir en tant qu'avocate pour défendre sa cause.

Pire encore, sans même penser à nous en informer, le Repenti et moi !

Comment j'ai appris l'exclusion de mon client ? Par la presse.

Oui, c'est bien un article de presse qui m'a informée de la situation.

Le 27 avril 2021, sur le site d'un grand quotidien national, au détour d'un entretien avec le président de la CNPR, le journaliste interroge ce dernier sur l'exclusion d'un témoin protégé dans un dossier de crime organisé corse.

Je sais, c'est surréaliste.

Je suis passée de l'impuissance à la sidération.

Et puis, dès les jours suivants, j'ai envoyé un courrier en lettre recommandée à la CNPR.

Et je n'y suis pas allée de main morte.

Il faut dire que c'était une première en France, et à plus d'un titre.

Déjà, parce qu'à aucun moment le Repenti n'a reçu une notification écrite des griefs retenus contre lui. Ni lui ni moi n'avons jamais eu connaissance des faits que le SIAT lui reprochait. Des « manquements » ont été évoqués, mais ils ne lui ont jamais été directement rapportés, et n'ont jamais été caractérisés.

Apparemment, le SIAT aurait évoqué le fait que le Repenti avait mis en danger la vie de certains de ses membres. Comment cela aurait-il pu être possible, puisqu'il ne les rencontrait que ponctuellement ? Et comment diable aurait-il eu, dans le contexte de sa nouvelle vie et la nécessité de faire profil bas, l'occasion de mettre qui que ce soit en danger ?

Je n'ai jamais eu de réponse à ces questions.

Et comme le démontreront les audiences relatives à la procédure engagée par la CNPR, les juges non plus n'ont jamais eu la réponse.

Par ailleurs, la CNPR, qui est composée notamment de magistrats, n'a jamais envisagé de nous recevoir, lui et moi, pour a minima écouter ses explications ou pour assurer un semblant de contradictoire.

Nous sommes en France, en 2021, et une personne désignée comme collaborateur de justice peut donc encore se retrouver au banc des accusés sans qu'aucune défense n'ait été entendue.

Une décision prise sans contradictoire et informée par voie de presse : qui dit mieux ?

Dans un deuxième temps, le Repenti a été notifié de son exclusion par le SIAT. Mais dans un deuxième temps seulement.

Je vous le dis franchement : avoir appris une telle décision par la presse, c'était la cerise sur le gâteau.

Était-ce si étonnant, après des années de communication tendue, voire rompue, avec le SIAT et la CNPR ?

Eh bien, oui. J'avais l'impression d'être réduite à l'état de pion dans un jeu d'échecs qui m'échappait complètement. Quant au

Repenti, il était traité comme un mouchoir qu'on jette après usage.

Je n'ai jamais vécu un tel mépris affiché pour un justiciable et son avocat.

Une procédure pénale sans avocat, ça n'existe pas.

Oui, parfois, et de plus en plus souvent, nous avons l'impression de ne pas être écoutés. Parfois nous avons l'impression de ne servir à rien. Mais au moins, nous sommes convoqués.

À nous de nous battre. À nous de nous faire entendre. L'occasion nous est toujours donnée.

Pas cette fois.

Ce droit le plus élémentaire venait d'être bafoué.

Et les déconvenues ne s'arrêtent pas là. Après cette première déflagration, bien sûr, je m'active. Et je découvre que les juges d'instruction en charge de toutes les procédures concernant le Repenti n'avaient pas été informés de l'exclusion. Pire, ils n'avaient même pas été sollicités pour que leurs observations soient recueillies avant décision.

Même le magistrat qui avait décidé en premier lieu de considérer le Repenti comme un collaborateur de justice, et avait donc initié la procédure pour qu'il rentre dans le programme de protection, n'avait pas été consulté ou informé.

Une commission administrative saisie par la police estimait donc qu'elle pouvait ignorer la justice.

Et c'est moi qui me suis retrouvée à informer tout ce beau monde de l'exclusion du Repenti.

Autant vous dire que les magistrats n'ont pas vraiment apprécié.

Après que je m'en suis ouverte à eux, les magistrats de l'instruction et du parquet saisissent la CNPR le 27 mai pour être entendus, enfin.

Ils ont eu beau... (Pardon, j'imagine, vu que je ne suis moi-même toujours pas convoquée, et n'assiste à aucune entrevue...)

Ils ont eu beau, donc, rappeler que le Repenti était un collaborateur de justice, et qu'il avait besoin d'être protégé, la CNPR n'a pas changé d'avis.

Elle a maintenu son exclusion.

Une décision pour laquelle il était impossible d'émettre un recours, vu que je ne savais même pas ce qui était reproché exactement au Repenti ! C'était Kafka chez Ubu !

Rien ni personne ne semblait pouvoir leur faire entendre raison.

L'appel de trop

Le 15 avril 2021, le Repenti est donc exclu du programme de protection.

Là, je me suis retrouvée vraiment seule.

Seule avec lui.

Seuls contre tous.

Comment le dire autrement ? Je défendais un repenti mis en examen dans plusieurs procédures et témoin dans une affaire de double assassinat, et il ne bénéficiait plus d'aucune protection.

Nos rendez-vous ne se déroulaient plus sous sécurité policière, de même que les convocations en justice. Voilà ce qu'impliquait concrètement cette exclusion.

Et puis cet article de presse… J'y reviens, mais il faut mesurer la portée d'un tel article. Une fois diffusée, l'information que le Repenti était exclu du programme pouvait parvenir à l'oreille de tous, y compris bien sûr de ceux qu'il avait dénoncés. Les propos du président de la CNPR cités par le journaliste étaient tellement explicites qu'ils permettaient d'identifier immédiatement le Repenti.

Vous pouvez imaginer la pression qui s'abattait sur nous.

Et puis je reçois un appel du SIAT.

Je ne suis pas près de l'oublier.

Mon interlocteur me contacte sur mon portable pour m'informer sèchement qu'étant exclu du programme, mon client devait retourner l'ensemble des documents et papiers fournis par le SIAT.

Quand je lui demande pour quelles raisons le Repenti a été exclu du programme, il ne me donne que des motifs vagues et imprécis, sans rapport avec le risque que mon client encourait désormais.

Ce qui va suivre, je ne peux l'oublier non plus.

J'entends encore le ton de sa voix au moment où il m'annonce : « On va à présent saisir la justice pour lui retirer son nom d'emprunt. »

La CNPR engageait déjà une procédure en ce sens.

J'étais effondrée : c'était la seule protection qu'il lui restait encore.

Je m'entends lui répondre : « Ce nom était le dernier rempart contre une identification, le dernier bouclier. Vous vous rendez compte que vous allez en faire un homme mort ? Lui, sa femme et ses enfants. »

Et sa réponse : « Ce n'est pas mon problème, il n'avait qu'à mieux choisir ses fréquentations... »

Tout était dit.

Il était inutile de lui faire remarquer que sans ces fréquentations précisément, mon client ne serait pas devenu collaborateur de justice, et n'aurait donc pas eu à bénéficier de la protection du SIAT. L'illogisme de son attitude ne l'étouffait manifestement pas.

Il était inutile également de lui rappeler que son métier consistait précisément à gérer toute la complexité de cette situation.

J'ai trouvé cet appel téléphonique tellement cynique.

Non, pire que ça. J'étais révoltée. Je trouvais inique de lâcher ainsi le Repenti sans véritables raisons – ou pour des motifs tellement légers qu'ils refusaient de nous les communiquer.

Pour moi, ils ne cherchaient qu'un prétexte pour se débarrasser du Repenti et de sa famille, comme on se débarrasse d'un caillou dans sa chaussure.

Peut-être que vous vous dites : il l'a cherché.

Mais cet homme avait une femme et des enfants.

C'est ça, qui me paraît le plus inadmissible : l'absence de prise en considération du sort de mineurs embarqués dans la tourmente.

Défendre cet homme, c'était défendre ses trois enfants.

Je ne les avais jamais vus, mais j'avais longuement entendu parler d'eux.

Ils n'étaient pas juste une donnée de l'équation pour moi. Leurs prénoms résonnaient en moi. Leur destin également.

Il me fallait dorénavant concentrer toute mon énergie sur une nouvelle procédure.

Car j'allais désormais me battre pour que les noms d'emprunt du Repenti et de sa famille ne leur soient pas retirés.

La guerre des noms

Après le temps de la sidération venait donc celui de la bataille.

Il fallait impérativement que le Repenti puisse conserver son nom d'emprunt. Il en allait de sa vie.

La CNPR, et par là le SIAT, étaient persuadés qu'ils étaient dans leur bon droit. Leur confiance reposait sur leur interprétation de l'article 23 du décret n° 2014-346. Selon eux, cet article autorisait la CNPR à prendre unilatéralement sa décision, et la justice n'avait plus qu'à entériner.

Leur lecture de l'article leur laissait à penser qu'une fois le Repenti exclu du programme, le retrait de son nom d'emprunt était automatique. Cette logique leur semblait imparable.

J'étais estomaquée par leur position. Leur volonté de voir dans la loi des obligations là où il n'y avait que des possibilités prouvait à quel point ils étaient peu préoccupés par l'avenir et la sécurité de toute une famille.

Leur désintérêt manifeste envers le Repenti, qui confinait à mon sens à une volonté de lui nuire, dépassait largement le rôle de protection auquel ils auraient dû être fidèles.

Cela confirmait en tout cas le ton de l'échange que j'avais eu au téléphone avec le SIAT : ils s'en moquaient.

Évidemment, ce n'était pas mon cas.

Nulle part la loi n'*obligeait* la CNPR à priver le Repenti de son nom d'emprunt.

Il s'agissait d'une décision totalement arbitraire.

Le nom d'emprunt ne relevait pas d'une situation, mais de l'état d'une personne, sur lequel il fallait statuer.

Et le juge judiciaire est seul compétent en la matière.

Plus important encore : il est indépendant.

Et il ne serait pas là pour entériner une décision administrative, mais pour trancher sur le statut du Repenti et de ses proches.

Lorsque l'audience a été fixée, j'ai demandé que le couple soit présent, et que je sois entendue.

Elle s'est tenue le 8 juillet 2021.

Le président de la CNPR était absent. Sa requête écrite présentait tous ses arguments.

Le 3 mai, comme le voulait la procédure, le procureur de la République avait demandé par écrit au président du tribunal judiciaire de Paris de faire droit à la requête de la CNPR. Il était donc favorable au retrait du nom d'emprunt.

Durant l'audience, le président expose l'affaire.

Puis il me donne la parole.

Parmi mes observations, je décide de parler du cas des trois enfants.

C'était indispensable. C'est leur avenir qui était en train de se jouer. Bien sûr, il y avait les enjeux judiciaires qui concernaient leur père. Mais eux aussi allaient se retrouver privés d'un nom qui était le leur depuis trois ans.

On s'apprêtait à instaurer une instabilité juridique de l'état de personnes, et en particulier à l'égard de mineurs. Soit les personnes qui ont le plus besoin de défense et de stabilité.

Alors j'ai défendu leur cause.

Puis la parole a été donnée au procureur.

Et là, stupeur : il renverse complètement sa position !

Je pense qu'il a pris conscience des conséquences concrètes, réelles et terribles qui se jouaient autour de cette bataille.

Le procureur a d'ailleurs avancé des alternatives : que le nom d'emprunt soit conservé jusqu'à la majorité des enfants, ou qu'il soit conservé jusqu'à la fin de toutes les procédures judiciaires.

Il se rangeait donc de notre côté.

Résultat de l'audience : le président du tribunal judiciaire de Paris rejette la requête de la CNPR.

Une première victoire, enfin !

Après cette audience, je rencontre les enfants du Repenti pour la première fois.

Je ne pourrai jamais oublier ce moment.

Le Repenti et sa femme avaient insisté pour me les présenter. C'était leur manière, en tant que parents, de me remercier de m'être battue pour eux.

Ils étaient tellement heureux. Toute provisoire qu'était cette décision du tribunal, elle représentait tellement à leurs yeux !

C'était juste un nom.

Un nom pour une nouvelle vie.

Un nom pour être de nouveau identifiable, même si on ne veut plus être identifié.

Un nom comme un bouclier.

Les trois enfants étaient des adolescents.

Ils me regardaient, intimidés.

Ils ont bredouillé des remerciements.

En plein été, à l'heure où tous les gamins de leur âge sont dans l'euphorie des vacances, eux tentaient de me remercier sans véritablement mesurer les enjeux judiciaires que représentait leur cas.

Ils ignoraient aussi qu'ils devenaient les premiers enfants en France à bénéficier tout à fait légalement de deux identités. Ce particularisme, ils n'en avaient pas conscience.

Ils savaient juste quel soulagement apportait cette décision. Le couperet qui ne s'abat plus. L'espoir qui renaît.

Comme tous les enfants, viendrait le jour où ils grandiraient et porteraient un regard critique sur leurs parents. Leurs reproches seraient certainement beaucoup plus complexes que ceux des autres ados. Quelles justifications entendraient-ils ? Se souviendraient-ils encore de l'Autre, ce type entré dans leur vie comme un feu follet pour ne laisser que des cendres ?

Est-ce qu'à leur tour, ils s'empareraient de cette histoire ? En grossissant les traits, comme on raconte une légende ? Ou choisiraient-ils le silence, par honte ou par envie de tirer un trait sur le passé ?

Encore aujourd'hui, je pense à eux.

Pour la famille du Repenti, le sursis a été de courte durée, puisque la CNPR a fait appel dès le 15 juillet 2021.

En attendant, mon client et moi devions nous quitter le temps de la période estivale. Pour lui, la situation était paradoxale : sa famille ne bénéficiait plus d'aucune protection, mais elle retrouvait une forme de liberté, maintenant qu'elle ne dépendait plus du bon vouloir du SIAT. Et parallèlement à cela, il voyait se profiler, à la fin de l'année 2021, le procès pour extorsion de fonds et association de malfaiteurs dans le cadre de l'affaire marseillaise...

De mon côté, je ne parvenais à digérer ni la position du SIAT, ni l'entêtement de la CNPR. Cela me confortait dans ma volonté d'obtenir gain de cause.

Le 8 octobre 2021, une nouvelle audience est tenue devant le premier président de la Cour d'appel de Paris.

Cette fois, le président de la CNPR est présent.

C'est donc la première fois qu'il rencontre physiquement mon client. Un homme dont il décide arbitrairement de l'avenir, de la sécurité, de l'existence. Il ne l'avait jamais approché avant cette audience.

Le Repenti est une fois de plus accompagné de sa femme.

L'ambiance est étrange.

Nous nous trouvons dans une grande salle, assis autour d'une immense table ovale.

Nous sommes donc très éloignés les uns des autres.

L'audience devait durer une heure. Elle fera finalement le double.

Le président a lu les écritures des uns et des autres. Il pose beaucoup de questions.

Il connaît plutôt bien le dossier, puisque c'est lui qui avait rendu, en mars 2018, la première ordonnance autorisant le Repenti à bénéficier d'un nom d'emprunt.

La greffière prend des notes.

L'enjeu est maximal.

Les conséquences, si les conclusions sont en notre défaveur, seraient terribles, bien au-delà de tout ce que j'ai pu connaître.

Je garde plus particulièrement en mémoire la réponse sidérante du président de la CNPR lorsque le premier président lui demande de s'expliquer sur les raisons pour lesquelles le Repenti a été exclu du programme.

« Secret défense. »

Et il s'empresse de préciser que ce que le Repenti avait pu dire dans le cadre des affaires judiciaires en cours n'était pas remis en question.

Mon client n'était donc pas exclu du programme parce qu'il avait menti dans ses déclarations, mais pour des manquements que le président du CNPR persistait à taire.

Cela en disait tellement long sur l'arbitraire de cette décision… Invoquer le secret défense reste un mystère : de quelle manière les manquements du Repenti auraient-ils été de nature à être classés dans une telle catégorie ? Et si ces manquements n'étaient pas si graves, la décision de l'exclure du programme de protection n'était-elle finalement pas disproportionnée ? Un retour en arrière de la CNPR n'était-il pas possible ?

Forcément, cela me renforçait dans mes interrogations : pourquoi le SIAT avait-il tant tenu à exclure le Repenti du programme ? À qui donc pouvait bien profiter cette exclusion ?

Et mes interrogations étaient légitimes : l'exclusion mettait évidemment le Repenti et sa famille en danger, mais elle fragilisait également sa situation judiciaire.

Une fois de plus : mon client se retrouvait face à la justice pour défendre son statut de repenti, mais parallèlement, il devait répondre devant la justice de ses actes, ou témoigner.

Et mon intuition a été confortée, puisque lors des audiences qui se tiendraient par la suite, d'autres parties ont utilisé cette exclusion pour mettre en doute sa parole, le rendre vulnérable, discréditer ses propos.

Le président demande à toutes les parties (le président de la CNPR, le parquet et moi) de présenter leurs ultimes observations.

Il écoute.

Quant au parquet, il demande la confirmation de l'ordonnance.

La décision du président de la Cour d'appel sera rendue plus tard.

À la sortie de cette étrange audience, je vois le président de la CNPR s'approcher du Repenti et de sa femme.

Il tentait un semblant d'excuses.

Vraiment, je ne comprends pas son attitude. Mais de toutes façons, il est trop tard, trop de mal a été fait.

Pour ma part, je me refusais à lui parler de nouveau.

J'estime que son rôle était de maintenir une indépendance de la CNPR vis-à-vis du SIAT, et qu'il a clairement failli à cette mission.

Tout le sens de ce programme de protection, du SIAT, de la CNPR, n'existe que si les bonnes paroles sont assorties d'actes et de garanties. Sans cela, tout ce système ne peut assurer ce pour quoi il existe, à savoir : garantir un minimum de sécurité à celui qui décide de parler.

Sinon, à quoi bon ?

Le 14 octobre 2021, le premier président de la Cour d'appel de Paris tranche en notre faveur.

Il confirme la décision de première instance.

Et il ne se contente pas d'acquiescer : il rend une décision longue, motivée, circonstanciée et précise.

Pourtant, la CNPR décide de s'entêter. Son président forme un pourvoi en cassation, au motif qu'il voit « un excès de pouvoir » dans la décision du premier président de la Cour d'appel de Paris de rejeter la demande de retrait de l'identité d'emprunt. Selon lui, le président de la Cour d'appel a « substitué sa propre appréciation à celle de la CNPR[1] ».

Voilà ce qui se joue réellement lors de ce face à face judiciaire : une bataille d'ego, de pouvoir et de pré gardé entre deux ministères, l'Intérieur et la Justice, par CNPR et juges interposés.

Dommages collatéraux : un homme, une femme et leurs trois enfants.

Une famille de nouveau suspendue à la décision d'une juridiction suprême : la Cour de cassation.

1. Audience publique du mercredi 2 mars 2022, Cour de cassation, première chambre civile, pourvoi n° B 21-25.385, publié au bulletin, legifrance.gouv.fr/juri.

Il n'y a pas de petite victoire

Le pourvoi en cassation n'était pas la seule échéance de cette fin d'année.

Souvenez-vous, à l'été 2018, le Repenti était mis en examen pour extorsion de fonds et association de malfaiteurs dans le cadre de l'affaire marseillaise. En décembre 2021, le procès avait enfin lieu. Il devait durer une semaine.

J'ai demandé que le Repenti participe au procès par visioconférence.

Par principe, je suis contre la visioconférence. L'essence même du procès pénal repose sur la mise en présence de tous les protagonistes. Et puis, la visio impose ses aléas techniques : réponse inaudible, « lags », sons ou regards modifiés…

Mais depuis que mon client avait été exclu du programme du SIAT, nous nous retrouvions sans protection aucune.

Dans ces conditions, je ne me voyais pas descendre avec lui à Marseille.

Mais je me tenais à ses côtés lors de chaque session de visioconférence.

Pendant une semaine, nous avons suivi le procès. À cause du dispositif, les débats étaient presque inaudibles, et le peu que nous comprenions, c'était la même attaque, répétée en boucle, de la part de certains des prévenus.

« Vous n'aviez qu'à venir. »

Mais le Repenti ne s'est pas laissé démonter.

Il a réitéré ses déclarations.

Il a reconnu les faits.

Et en reconnaissant les faits, il embarquait avec lui certains coprévenus.

Autant vous dire que ça n'a vraiment pas plu, mais il est resté droit dans ses bottes.

Le 15 décembre, le jugement est rendu. C'est à cette occasion que les deux cents pages couvrant la litanie des extorsions, tentatives d'extorsion et association de malfaiteurs sont rédigées.

Des relaxes partielles sont prononcées.

Le Repenti est condamné à huit mois avec sursis. L'Autre prend six ans d'emprisonnement.

Aucun des deux n'a fait appel.

Dans le cas de mon Repenti, on sait pourquoi : il a toujours assumé ses fautes et reconnu les faits.

Dans le cas de l'Autre, plus habitué à la contestation, la raison avancée est simple : sa propre sœur avait été relaxée. S'il décidait d'interjeter appel, il craignait qu'elle soit condamnée par la Cour à l'occasion d'un nouveau procès. Il a donc accepté le jugement.

Le 2 mars 2022, l'audience suite au pourvoi formé par le président de la CNPR s'est tenue devant la Cour de cassation.

Le pourvoi en cassation est une procédure particulière. Les avocats qui y plaident sont spécifiques, ils exercent uniquement devant la Cour de cassation et le Conseil d'État.

Je ne pouvais donc pas plaider à cette audience. Étant retenue dans une Cour d'assises pour un autre procès, je ne pouvais pas plus y assister.

Mais on m'a bien sûr rapporté ce qui s'était passé.

Apparemment, l'audience a été plus que tendue.

D'habitude, devant la Cour de cassation, les dossiers sont déposés, ce qui implique qu'il n'y a pas de plaidoirie.

Cette fois, pourtant, l'avocate agissant pour le compte de la CNPR a demandé à plaider.

Elle souhaitait certainement marquer le coup. Elle voulait absolument que la décision soit infirmée.

Comme je ne pouvais pas plaider, j'ai confié le dossier à un confrère en qui j'avais toute confiance. Avec son accord, nous avons préparé cette audience ensemble. Je lui avais transmis toutes les écritures précédentes.

Il m'a raconté l'ambiance particulière de cette audience, qui ne ressemblait à aucune audience classique tenue devant la Cour de cassation.

Normalement, l'ambiance est feutrée. L'écrit est privilégié. Les échanges verbaux sont très rares et se font en sourdine.

Tel ne fut pas le cas. Lorsqu'elle a pris la parole, l'avocate de la CNPR a prononcé sa plaidoirie avec une virulence qui en dit long sur ce qui était en train de se jouer.

La vie d'un homme, contre la guerre de pouvoir d'une commission.

Nous savions que l'enjeu était de taille, car l'arrêt qui serait rendu par la Cour de cassation serait inattaquable. Jusqu'alors, l'article 23 du décret n° 2014-346 laissait planer une ambiguïté sur *l'obligation* ou *la possibilité* de retirer à un repenti son nom d'emprunt. La Cour de cassation fixerait le droit et l'interprétation ne serait plus possible, à l'avenir. Cet arrêt aurait une portée qui dépassait largement le seul cas de mon client.

L'attente est insoutenable.

Finalement, la décision tombe. Un magnifique arrêt est rendu, premier en la matière.

Je vous le livre dans le texte : « C'est sans excéder ses pouvoirs et à bon droit que le premier président de la Cour d'appel de Paris a [...] estimé qu'il n'y avait pas lieu de mettre fin à l'autorisation d'usage de l'identité d'emprunt accordée aux consorts [Y] en raison du grave danger auquel ils seraient alors exposés[1]. »

Traduction : Le pourvoi était rejeté !

1. Audience publique du mercredi 2 mars 2022, Cour de cassation, première chambre civile, pourvoi n° B 21-25.385, publié au bulletin, legifrance.gouv.fr/juri.

Cette fois, c'était officiel : le Repenti et sa famille allaient pouvoir conserver leur nom d'emprunt.

Traduction bis : les juges sont indépendants, et non à la merci d'une commission administrative, et ils souhaitaient l'affirmer avec force en rendant leur décision.

L'évasion avortée

Tandis que nous bataillions dans les procès de l'affaire marseillaise et contre le SIAT et la CNPR, une nouvelle procédure judiciaire, et non des moindres, vient encore se greffer aux autres : celle de l'évasion de Réau.

Si ce nom vous dit quelque chose, c'est normal. Vous en avez forcément entendu parler.

Le 1er juillet 2018, peu avant midi, un hélicoptère se pose dans l'enceinte de la prison de Réau. À son bord, un commando armé, qui a pris en otage le pilote. Au milieu des fumigènes, les hommes découpent les portes à la meuleuse pour se frayer un chemin jusqu'au braqueur incarcéré qu'ils sont venus chercher. Celui-ci s'envole avec eux.

L'évasion aura duré un peu plus de sept minutes. La chasse à l'homme qui s'ensuivit durera quatre-vingt-treize jours, avant que la police ne parvienne à remettre la main sur le braqueur.

Le procès aura duré sept semaines. Il s'est tenu à la Cour d'assises de Paris à l'automne 2023.

L'instruction a permis de découvrir qu'un précédent projet d'évasion de la prison de Fresnes avait été envisagé en 2017. Ce projet, qui est également jugé à l'occasion du procès de l'évasion de Réau, s'est traduit juridiquement en association de malfaiteurs. Cinq personnes ont dû en répondre devant la Cour d'assises.

Parmi eux se trouvaient l'Autre et le Repenti.

Les dates ont de quoi interpeller.

L'évasion de Réau a eu lieu en juillet 2018. Quatre mois plus tôt, en mars 2018, le Repenti se confiait aux policiers.

Bien sûr, il leur en avait déjà beaucoup révélé lors de la garde à vue de décembre 2017, au cours de laquelle il avait évoqué avec eux le double assassinat de Bastia-Poretta. Mais des infos, il en avait encore un paquet sous le pied.

Notamment la constitution d'une association de malfaiteurs en vue d'un projet d'évasion à Fresnes.

L'histoire est folle.

En 2017, un individu incarcéré à la prison de Fresnes demande à son frère aîné d'entrer en contact avec l'Autre, qui était son ami, pour lui demander de financer son évasion.

Cet individu, c'est le futur évadé de Réau.

Au début, les échanges se font par téléphone. Mais rapidement, le frère aîné souhaite rencontrer son interlocuteur. Seulement voilà, l'Autre porte un bracelet électronique et ne peut donc quitter la région atlantique. C'est pourquoi, il envoie le Repenti en tant qu'émissaire auprès du frère aîné.

Dans un premier temps, ils se rencontrent à Paris.

Puis ils conviennent d'un second rendez-vous, surréaliste. Le frère prend le train à Montparnasse pour se rendre sur la côte atlantique, afin de rencontrer l'Autre et obtenir son financement.

Imaginez, faire l'aller-retour de Paris à la côte atlantique dans la journée, pour une entrevue de moins d'une heure !

Ces événements seront retenus comme éléments à charge par la Cour d'assises pour caractériser l'association de malfaiteurs.

Finalement, le détenu est transféré dans une autre prison, et le projet d'évasion est donc abandonné.

Par la suite, tout le monde est resté en contact.

Donc le Repenti évoque ces faits à la police en mars 2018. Son témoignage est enregistré sur procès-verbal. Et puis... rien.

Pourtant, toujours en 2017, la police de Marseille était déjà sur la piste d'un potentiel projet d'évasion, grâce aux écoutes téléphoniques opérées dans le cadre de leur enquête sur le trafic de stupéfiants.

Au vu des éléments recueillis, le juge de Marseille avait transmis le dossier au parquet de Paris, qui avait ouvert en septembre 2017 une information judiciaire pour association de malfaiteurs en vue de commettre une évasion.

Un juge d'instruction avait même été désigné.

Mais les aveux du Repenti restent lettre morte.

La procédure n'est pas allée plus loin.

Par la suite, le Repenti est relâché, et se trouve en période de transition entre son ancienne vie et sa nouvelle identité.

Le frère aîné se présente alors à son domicile, accompagné d'un autre de ses frères. Il laisse au domicile du Repenti un portable pour faciliter leurs échanges. Cette prise de contact alerte une première fois la police et le juge d'instruction marseillais sur la nécessité d'accélérer l'entrée du Repenti dans le programme de protection.

En mars 2018, dans le cadre d'une audition libre, le Repenti se confie de nouveau à la police, plus en détails cette fois. Toujours sans la présence d'un avocat. L'entretien durera dix heures. Il y évoque le projet d'évasion de Fresnes. À ce moment-là, il ignore qu'une instruction a déjà été ouverte au tribunal judiciaire de Paris.

Le Repenti raconte par le menu la prise de contact du futur évadé de Réau. En échange du financement de son évasion, le futur évadé avait promis à l'Autre de lui révéler notamment les noms de ceux qui voulaient assassiner sa sœur jumelle, dans la bonne tradition de la vendetta corse.

Le Repenti affirme aussi que les frères de l'évadé sont partie prenante du projet d'évasion, en particulier celui qui faisait office de porte-parole.

Nous sommes en mars 2018. Tous ces éléments sont connus de la police, qui agit sous le contrôle d'un juge d'instruction, et pourtant, le témoignage du Repenti ne mène à aucune interpellation.

Ces manquements, je ne me les explique pas, et les raisons continuent de m'échapper.

En juillet 2018, le braqueur s'évade de Réau par hélicoptère.

Si ses deux frères avaient été interpellés en temps et en heure, il est clair que l'évasion de Réau aurait pu être déjouée.

Alors pourquoi n'y a-t-il eu aucune anticipation ou réaction de la part de la police ?

Mauvaise coordination des procédures ? Concurrence entre les grands services centraux ?

Je ne sais pas, et je ne le saurai jamais.

De surprise en surprise

Entre la multiplication des procédures et l'absence de coordination entre les services de police, les déclarations du Repenti sur le projet d'évasion de Fresnes tombent donc aux oubliettes.

Jusqu'au moment où un juge d'instruction parisien, en charge de l'affaire de l'évasion de Réau, découvre le projet d'évasion de Fresnes.

Et quand j'écris « découvre », c'est au sens littéral : les enquêteurs en charge du dossier de l'évasion de Réau n'ont jamais été mis au courant des déclarations faites par le Repenti à un autre service en mars 2018 !

Les faits sont accablants, quand on y pense : le Repenti aura été entendu une dizaine de fois entre 2017 et 2020 par des services de police d'envergure, sans compter les interrogatoires menés par les juges, et ces services n'ont jamais communiqué entre eux, sur des affaires qui ont pourtant une envergure nationale.

À mes yeux, de tels ratés dans des services supposément compétents restent inexplicables ou incompréhensibles.

Bref, le juge d'instruction parisien découvre qu'une autre procédure était ouverte sur le projet d'évasion de Fresnes en 2020, mais que cette procédure est restée au point mort.

À cette occasion, il se penche sur le cas de mon client.

Le juge parisien considère que le témoignage fait par le Repenti en mars 2018 ouvrait la porte à des vérifications et d'éventuelles interpellations – même si elles n'ont malheureusement pas eu lieu. De témoin, le Repenti va se retrouver mis en accusation avec d'autres pour association de malfaiteurs en vue de commettre une évasion.

À cette occasion, le magistrat parisien et ses collègues co-saisissent la CNPR afin de trancher sur son statut.

En mars 2020, le Repenti est placé en garde à vue par la Brigade de répression du banditisme (BRB) de Versailles. Il réitère avoir joué le rôle d'intermédiaire.

Ses déclarations confirment l'existence du projet d'évasion de Fresnes en bande organisée.

Les autres crient au mensonge.

Le 17 juin, la CNPR lui reconnaît le statut de Repenti dans cette procédure. Dans les faits, cela ne change pas grand-chose pour lui, puisque le statut de témoin protégé lui avait déjà été accordé dans le cadre de la procédure marseillaise.

Néanmoins, c'est une étape importante d'un point de vue juridique, car elle entérine son statut de collaborateur de justice.

À l'issue de l'instruction, les juges ont écrit dans l'ordonnance de mise en accusation, au sujet du Repenti : « Il sera expressément demandé en sa faveur le bénéfice des dispositions prévues au titre de l'article 132-78 du Code pénal[1]. »

C'est important, car le Repenti a grandement besoin de sécurité pour le procès à venir.

Tous les protagonistes de l'évasion de Réau étaient renvoyés aux assises. Le procès devait se tenir en 2023.

Or, tous ceux qui se retrouvaient mis en examen dans cette affaire lui en voulaient.

Pour eux, c'était très clair : le Repenti avait parlé. Il était à l'origine de leur situation.

---

1. Ordonnance de mise en accusation du 4 mai 2022, tribunal judiciaire de Paris.

Sauf que juridiquement, les déclarations d'une seule personne non corroborées par d'autres éléments ne peuvent emporter condamnation.

Donc si ces gens étaient renvoyés aux assises, c'est bien que d'autres preuves avaient été prises en compte au moment de monter le dossier.

Et pourtant, leur ressentiment s'est focalisé sur le Repenti.

Une chose était sûre : le procès de l'évasion de Réau menaçait d'être particulièrement houleux.

SOUS TENSION

(2023-2024)

L'homme derrière le paravent

Le procès de l'évasion de Réau s'est tenu en septembre et octobre 2023 devant la Cour d'assises de Paris. Douze individus comparaissaient en qualité d'accusés, parmi lesquels le Repenti.

Seule une partie du procès le concernait : le délit d'association de malfaiteurs en vue d'un projet d'évasion de la maison d'arrêt de Fresnes (qui, rappelons-le, n'avait pas abouti). C'était secondaire par rapport aux faits principaux (l'évasion de Réau par hélicoptère qui, elle, avait bien eu lieu).

S'agissant d'un délit connexe, le jugement de l'association de malfaiteurs pour l'évasion de Fresnes aurait pu être renvoyé en correctionnelle.

Au lieu de quoi, les magistrats ont décidé de renvoyer tous les mis en examen aux assises, qu'ils soient jugés pour des faits criminels ou pour un délit connexe.

La conséquence directe, c'était que l'ensemble des accusés, y compris ceux concernés uniquement par le délit, devaient assister *tous les jours* au procès et être assistés en permanence par un avocat. La durée de ce procès était fixée sur sept semaines.

Aux assises, la présence d'un avocat est obligatoire. Concrètement, si on ne peut être présent, on doit se faire substituer par un confrère. Cela peut être un autre avocat qui assure la défense d'un autre accusé, mais dans ce cas, il ne doit pas y avoir de conflit d'intérêts… Ou bien on se rend disponible, mais cela implique de s'organiser pour pouvoir être présent tout en gérant les autres audiences qui rythment la vie d'un avocat.

Dans ce type d'affaire, la pratique pour fixer le procès aux assises est de prendre contact en amont avec tous les avocats de la partie civile et de la défense afin de s'assurer de la disponibilité de chacun.

Entre les impératifs liés aux titres de détention des accusés et les agendas des avocats, c'est souvent un sacré casse-tête !

Lorsque le greffier des assises de Paris nous a adressé à tous un e-mail pour nous informer des dates, j'ai immédiatement répondu que je n'étais pas disponible les trois premières semaines du mois de septembre, car j'étais retenue par un autre procès d'assises. Eh oui : bien que le cas du Repenti me réclame beaucoup de temps et d'énergie, il était loin d'être mon unique client !

Réponse du greffier : aucun report n'est possible.

Heureusement, j'ai pu m'arranger avec les membres de mon cabinet, et cette difficulté purement matérielle a pu être rapidement levée.

Hélas, il n'en a pas été de même pour le reste…

Deuxième difficulté : comment protéger l'identité d'emprunt du Repenti ?

Cette protection passait d'abord par la nécessité de garder secrète son apparence.

Seuls les accusés qui avaient été en contact direct avec lui savaient à quoi il ressemblait physiquement.

Pour sa sécurité, il était indispensable que le public ne puisse ni le voir ni l'identifier.

C'est pourquoi j'ai demandé l'application des articles 706-63-1 et 706-63-2 du Code de procédure pénale.

Ces deux articles s'inscrivent dans le titre 21 bis intitulé « Protection des personnes bénéficiant d'exemptions ou de réductions de peines pour avoir permis d'éviter la réalisation d'infractions, de faire cesser ou d'atténuer le dommage causé par une infraction, ou d'identifier les auteurs ou complices d'infractions ».

La simple lecture de ce titre révèle toute la difficulté de la législation actuelle !

Afin de s'inscrire dans le cadre des articles cités ci-dessus, il faut donc bénéficier d'exemption ou de réduction de peine. Or ce bénéfice ne peut être attribué, comme nous l'avons vu, qu'à l'issue d'une décision de justice !

Dans le cas qui nous occupe, mon client n'était pas encore jugé. Pour des raisons d'articulations procédurales et de textes mal ficelés, il n'était pas considéré comme un repenti lors de ce procès. Et il ne pouvait pas non plus être considéré comme un témoin protégé, puisqu'il était sur le banc des accusés.

Pour autant, ce n'était pas un banal accusé. Il s'agissait d'un cas particulier, complètement atypique.

Le statut de mon client était pour le moins bancal, pour ne pas dire ubuesque : il était accusé, bénéficiait d'une identité d'emprunt mais avait été exclu du programme de protection, son apparence physique était connue de certains accusés, mais il fallait que le public ne puisse pas l'identifier lors du procès.

Afin de le protéger et de lui offrir certaines garanties, j'adresse donc à la Cour une demande écrite pour que des mesures soient prises en vue d'assurer l'anonymat du Repenti pendant le procès qui se déroulerait en public. Je soutiens cette demande à l'ouverture du procès.

Et là, le ton est immédiatement donné : certains avocats de la défense s'y opposent.

Leurs arguments : le Repenti avait été exclu du programme car ses déclarations n'étaient pas fiables.

Cela participait d'une stratégie consistant à le décrédibiliser (et donc décrédibiliser par avance les propos qu'il tiendrait à la barre), et ce dès le début du procès.

Heureusement, concernant l'anonymat de mon client, la présidente a fait droit à ma demande et le parquet l'a soutenue.

Il a donc été décidé que le Repenti comparaîtrait derrière… un paravent !

L'idée vous semble peut-être complètement surréaliste. Comment ? Au XXIe siècle ? Dans une salle moderne ? Une comparution derrière un paravent ?

La justice réserve toujours son lot de surprises...

Pour bien comprendre la configuration : l'audience se tenait dans une salle qui avait été construite spécialement pour le procès des attentats du 13 novembre (dit V13). Cette salle, tout en longueur, est équipée d'écrans.

Les accusés détenus se trouvaient dans un box, sur la gauche.

Le Repenti et moi étions placés du côté des accusés libres, sur la droite.

Un paravent, situé à droite de la Cour, séparait l'ensemble des accusés libres du reste de la salle, de telle sorte que la plupart n'ont pas été vus du public[1].

Le public ne pouvait pas voir les accusés à droite, dont le Repenti, ce qui protégeait son identité.

Mais comme la salle était très grande, cela impliquait que nous étions également coupés du public, et que nous ignorions par moments ce qu'il s'y passait. Nous entendions la salle sans voir. Cela crée une curieuse impression. Seuls les comptes-rendus parus dans la presse nous renseignaient parfois sur les troubles qui pouvaient s'y dérouler.

Car le procès était suivi attentivement par les médias, ce qui représentait un autre risque pour le Repenti. Les comptes-rendus du procès ont par la suite démontré que la plupart des journalistes n'étaient pas vraiment au fait de ce statut.

Ils étaient cependant au courant qu'ils devaient respecter les dispositions légales prévues par l'article 706-63-1 du Code de procédure pénale, sous peine d'encourir cinq ans d'emprisonnement et 75 000 euros d'amende.

C'est la raison pour laquelle la plupart ont eu recours à un pseudonyme pour désigner mon client dans leurs comptes-rendus d'audience.

1. Voir Annexes, p. 185.

De mon côté, je n'ai répondu à aucune de leurs sollicitations. C'est un choix que j'assume parfaitement : j'estime que ce que j'avais à dire durant ce procès devait être réservé aux assises.

C'est ainsi que, durant toute la durée du procès, des confrères et des journalistes allaient me surnommer « l'avocate de l'homme derrière le paravent ». Et ce surnom, autant que le faux pas qui s'ensuivrait, allait rester dans les mémoires.

Le faux pas

Après l'ouverture du procès, lors de laquelle j'ai bataillé pour obtenir la protection de l'identité de mon client, je n'ai assisté qu'épisodiquement au procès. D'une part, ni moi ni le Repenti n'étions concernés par les faits criminels, et d'autre part, j'étais retenue devant une autre Cour d'assises, comme je l'ai déjà mentionné. Heureusement, j'étais substituée par des collaborateurs extraordinaires que je veux citer ici : Laura, Sophie et Antonin.

Le Repenti, lui, devait être présent tous les jours, même lorsqu'il n'était pas directement concerné par le procès.

Et tous les jours, il était dévisagé avec insistance par certains accusés installés dans le box. À chaque suspension d'audience, des remarques à son intention fusaient du box ou du public, relayées par les accusés ou des membres de leurs familles.

Si l'ambiance générale pouvait paraître bon enfant entre les accusés qui se parlaient, s'embrassaient, plaisantaient ensemble…, il n'en était rien pour nous.

S'agissant du Repenti, dès que l'occasion se présentait, les uns et les autres l'invectivaient, même ceux des accusés qui n'étaient pas directement concernés par son témoignage lors de la procédure.

Et l'atmosphère n'a fait que se tendre au fur et à mesure qu'approchait le moment d'aborder le délit d'association de malfaiteurs en vue de commettre une évasion de la maison d'arrêt de Fresnes.

À mon sens, l'audience, qui portait surtout sur l'évasion de Réau, aurait dû être concentrée sur les longues peines.

Cette question des longues peines est un vrai débat.

Dans cette évasion où aucun tir n'a eu lieu, où la solidarité familiale avait joué un rôle très important, le débat a été « pollué » par les journées d'audience consacrées au délit d'association de malfaiteurs.

Ces journées-là ont été marquées par des incidents d'audience à répétition et par les prises à partie.

Il était clair que l'objectif à atteindre était d'utiliser tous les moyens pour décrédibiliser la parole de mon client et le déstabiliser.

Constamment, ils se référaient à lui en le traitant de « menteur » et de « balance ».

Parmi le public se trouvaient des membres de l'entourage des accusés, dont certains se sont montrés particulièrement virulents.

Autre situation ubuesque : l'Autre avait conservé une photo de lui-même avec les enfants du Repenti. Il voulait communiquer cette photo à la Cour d'assises.

Et ses avocats en ont fait la demande, après l'avoir transmise à toutes les parties.

La Cour a refusé que cette photo soit versée aux débats.

Heureusement !

Pour quelles raisons l'Autre voulait-il communiquer cette photo, alors qu'elle était sans lien avec la procédure ?

Je ne conteste pas le fait que l'Autre avait connu les enfants du Repenti. Peut-être même les avait-il appréciés.

Mais on est cinq ans après, en plein procès pour une évasion criminelle ! Ce n'est certainement pas une place pour convoquer des enfants, même en image.

Son geste était au moins malvenu, voire dérangeant.

Des avocats de la défense répétaient des questions identiques en boucle, à l'infini, jusqu'à faire perdre patience à tout le monde.

D'ailleurs, c'est la première fois que j'ai vu la présidente des assises saisir la bâtonnière de Paris.

Pendant plusieurs jours, des membres du conseil de l'ordre du barreau de Paris se sont relayés dans le public. Leur présence a eu un effet dissuasif sur certains confrères. Vouloir défendre justifiait-il d'utiliser tous les moyens ?

C'était aussi la faute de l'évadé et de l'Autre, qui faisaient le show pour impressionner la galerie, à coup de petites phrases et de remarques ironiques. Leur affabilité n'était qu'apparence. Tout était calculé. Ils s'embrassaient avec force effusions, comme des amis, alors qu'ils ne s'étaient rencontrés qu'une fois.

Leurs faux sourires auraient pu m'amuser, si ce spectacle n'avait pas été aussi navrant.

Ils étaient fiers. Pourtant, l'évadé avait entraîné toute sa famille dans la tourmente judiciaire. Et ils avaient décidé de garder le silence tout au long de l'instruction, qui a duré des années, pour le protéger. Tant de vies gâchées... Des frères, des neveux qui se retrouvaient en prison, à l'isolement, pour lui. Et pourtant, ils faisaient les coqs. Ils distribuaient les vannes et les insultes. Ils détournaient les interrogatoires en posant les mêmes questions en boucle.

Une parodie de justice.

Une audience d'assises est toujours un moment d'intenses émotions et de crispations.

Mais lorsque notre tour est venu, à mon client et à moi, il régnait un climat d'intimidation que je n'avais jamais connu jusqu'alors, et que je n'ai pas revu depuis.

Dès que je prenais la parole, dès que mes questions gênaient, j'étais interrompue. Ce n'était pas tant l'interruption en elle-même qui me dérangeait, mais plutôt d'entendre les invectives prononcées à mon encontre.

Lors d'une session par exemple, alors que je m'apprête à poser des questions, des cris résonnent dans la salle, contestant mon intervention. Le responsable est un membre de la famille de l'Autre qui se tient parmi le public. Son comportement est suffisamment inquiétant pour que les gendarmes nous demandent, à ma collaboratrice et à moi-même, de rester dans la salle après la suspension d'audience. Ils nous ont ensuite raccompagnées sous escorte en bas du palais. Mais une fois le tourniquet passé, nous nous sommes retrouvées seules... Et c'est seules que chacune de nous est rentrée chez elle...

Le lendemain, on m'a de nouveau proposé une escorte. Cette fois, j'ai refusé. Je ne peux concevoir d'exercer mon métier dans ces conditions.

À d'autres moments, notamment lors des suspensions d'audience (qui sont autant de pauses jalonnant le déroulement d'un procès), je me suis fait insulter et menacer à la machine à café. Ironie du sort : les insultes venaient de la famille de l'Autre. Parfois même des rangs des neveux et cousins sur les bancs des accusés, alors qu'ils n'avaient strictement rien à voir avec le Repenti et la tentative d'évasion de Fresnes !

C'était dur, d'autant plus qu'à cette époque-là, je plaidais parallèlement dans deux autres audiences qui se tenaient en même temps. Les procès, longs chacun de plusieurs jours, s'étaient superposés. En tant que pénaliste, j'ai bien sûr l'habitude de gérer un emploi du temps chargé. Mais il faut reconnaître que cette rentrée 2023 a été particulièrement lourde à porter. Les enjeux des différentes affaires étaient énormes, mes clients comptaient sur moi, et je voulais être à la hauteur de l'honneur qu'ils m'avaient fait en me désignant. Autant vous dire que mes week-ends étaient studieux. Mais j'étais épaulée par Laura, Sophie, Noémie et Antonin : avec cette équipe de choc à mes côtés, je pouvais tout affronter.

Tout, même le regard de certains de mes confrères. Les petites remarques, les jugements assassins, les conseils faussement avisés. Je n'aurais pas dû défendre cet homme, ça allait me causer des problèmes. Je n'aurais pas dû défendre cet homme, il en allait de ma sécurité. Je n'aurais pas dû défendre cet homme, c'était *une balance.*

D'autres confrères, au contraire, m'ont apporté leur soutien. À cette occasion, certains se sont livrés à des confidences sur des menaces dont ils avaient fait l'objet, mais qu'ils n'avaient pas dénoncées. Ils préféraient se taire.

Mais alors, dans ce cas, pourquoi faire ce métier ?

Je ne me lasserai jamais de le répéter : je suis là pour apporter du contradictoire. Je suis là pour défendre. Je ne suis pas là pour juger.

Face à mes contradicteurs, je devais répéter inlassablement que l'exclusion de mon client du programme de protection ne remettait absolument pas en cause les déclarations qu'il avait pu faire.

Que le poids de ces déclarations ne pouvait être évalué que par la juridiction de jugement, et ce au regard des autres éléments recueillis en procédure (téléphonie, rencontres, surveillance, etc.)

Que sa parole seule ne suffisait pas pour emporter une décision, et heureusement.

Que tout ce qu'il racontait à propos de l'Autre était relayé et confirmé par d'autres éléments.

Balance, mais pas menteur.

Et puis est arrivé le faux pas.

Jusqu'alors, le Repenti était assis sur le banc des accusés. Un soir, il est appelé à la barre pour être interrogé. Bien sûr, j'étais présente.

Une suspension d'audience est ordonnée par la présidente, le temps que le paravent soit déplacé derrière la barre.

Le Repenti se présente face à la Cour. Les magistrats et les jurés le voient de face.

Le paravent se trouve derrière lui, afin de le masquer aux yeux du public.

Le Repenti commence à parler.

Tout à coup, on entend un bruissement dans la salle d'audience. Personne ne comprend vraiment ce qui se passe.

Quelqu'un se met à crier : « On le voit ! On le voit ! Il est sur l'écran ! »

Comme la salle est grande, elle est ponctuée d'écrans pour relayer le procès.

Ces écrans devaient bien sûr tous être éteints.

Et c'était le cas de ceux situés au niveau des membres de la Cour.

Mais les écrans en milieu de salle se sont allumés en pleine audience, et le visage du Repenti est apparu.

Tout le monde pouvait le voir.

Comprenant ce qui se passait, ma collaboratrice lui a recouvert précipitamment la tête d'une veste noire pour le dérober aux regards.

Moi, je me suis mise devant lui pour le cacher.

L'audience a été suspendue. Mais le mal était fait.

Une première crainte nous est venue immédiatement à l'esprit : une photo du visage du Repenti avait pu être prise.

Une fois le public sorti de la salle, rien ne pouvait empêcher quelqu'un de diffuser cette photo sur les réseaux sociaux.

À la reprise de l'audience, la présidente a demandé que les portables du public soient vérifiés par les gendarmes.

Il semblerait qu'aucune photo n'ait été prise.

Après le procès, j'ai demandé à plusieurs reprises où en était l'enquête administrative déclenchée par le parquet après la diffusion de l'image du Repenti. Réponse systématique : l'enquête est en cours. Elle l'est toujours à l'heure actuelle. Enfin, je suppose, puisque plus personne ne répond à mes relances régulières…

Pour l'heure, et dans ce contexte difficile et fébrile, le Repenti choisit de reprendre la parole à la barre. En dépit de l'incident qui vient de se produire, il veut parler et en finir.

À 21 h 30, l'audience est suspendue pour la journée. Elle doit reprendre le lendemain.

La trahison

Une fois sortie de la salle, je découvre tous les appels manqués sur mon portable. Les messages de journalistes qui veulent me voir réagir au fiasco. Je refuse de donner suite.

Le lendemain matin, nous sommes un vendredi. En me levant, je lis un article qui achève de me plonger dans la sidération. J'y découvre qu'au moment de l'incident du paravent, lorsque le visage du Repenti est apparu sur les écrans, des cris enthousiastes se sont élevés dans le public. Les proches de l'Autre étaient ravis de voir son identité dévoilée aux yeux de tous. Un homme dans le public a bien essayé de crier pour signaler immédiatement le problème mais apparemment, on aurait tenté de tout faire pour couvrir ses cris et gagner quelques secondes. Le but était, semble-t-il, que le visage du Repenti reste à l'écran le plus longtemps possible, afin qu'il soit identifiable par tous.

Avec les conséquences que l'on imagine.

Je n'en revenais pas.

C'est là que j'ai craqué.

C'était certainement le cumul d'un procès aux enjeux lourds, de l'ambiance pesante et des tentatives d'intimidation qui fusaient de toutes parts… Je ne me voyais pas revenir dans la salle.

Je ne me sentais plus apte à défendre mon client.

Il y a des situations où l'habit d'avocat ne suffit pas, où la posture et le professionnalisme ne sont pas des remparts suffisants. Nous sommes des êtres humains. On a beau se construire des barrières, se blinder… Ce procès était une surenchère d'agressivité, de prise à partie et d'insultes. Forcément, je me sentais atteinte.

Le tout est de prendre conscience puis acter ce moment de faiblesse. Le Repenti allait de nouveau être entendu toute la journée, des questions allaient lui être posées, il me faudrait toute ma disponibilité d'esprit pour être sur le qui-vive et ne rien laisser passer. Dans ces conditions, je ne pouvais pas assurer.

Pour la première fois de toute ma carrière, j'ai décidé de demander à la Cour de suspendre l'audience. Nous étions vendredi et j'espérais un report au lundi suivant, le temps de rassembler mes esprits et mes forces.

Une déflagration, pour moi qui n'ai jamais été confrontée à ce dilemme.

Mais je n'avais pas le choix, le report était indispensable pour retrouver la sérénité qu'exige la justice.

Alors je prends mon courage à deux mains, et je signifie à la Cour que j'ai une demande à formuler.

Mon client est à la barre, le paravent de nouveau derrière lui.

Je suis à ses côtés. Et heureusement, je ne suis pas seule : Laura est présente elle aussi.

La présidente me donne la parole. Je m'explique, expose les faits. La femme du Repenti est particulièrement inquiète après l'incident du paravent. Moi-même, je ne me sens pas capable d'assurer mes fonctions.

Je demande une suspension d'audience.

Mes confrères sont là. Et bien que nous défendions des clients et des intérêts différents, je les considère comme tels. Finalement, nous faisons le même métier, nous rencontrons les mêmes problèmes. Certaines affaires nous opposent, d'autres nous demandent de travailler en collaboration. On peut se concerter sur des cas, on peut discuter de nos doutes, on peut éprouver du respect, voire de l'estime les uns pour les autres.

Bref, au moment où je prends la parole, je suis assurée de leur compréhension. Après tout, je connaissais personnellement la plupart des avocats présents. Et bien que nous ayons des différends d'audience, pas un seul moment je ne peux imaginer qu'ils s'opposeront à ma demande...

Je suis tombée de haut.

Le parquet ne s'oppose pas à ma demande. Mais quand vient le tour de mes confrères de s'exprimer... Pas un de ceux qui étaient présents ne soutient ma demande.

Ils s'y opposent tous.

Ma déception est immense. Je me sens trahie.

À cause du paravent, je ne peux pas voir ceux qui prennent la parole. Mais je reconnais leur voix. Et j'entends leurs arguments qui, parfois pour différentes raisons, balaient tous ma demande.

Je me sens extrêmement seule à cet instant.

Je n'en reviens tout simplement pas.

Le fait de défendre implique-t-il de souscrire à l'attitude de son client sans aucune nuance ?

Le fait de défendre est-il irréconciliable avec l'indépendance d'esprit et la confraternité ?

Leur attitude m'a terriblement marquée.

La Cour, quant à elle, a fait droit à ma demande de report au lundi, contre l'avis de mes confrères.

Belle ironie du sort...

Dès le lundi, il fallait repartir à la barre, et défendre le Repenti.

Le moins que l'on puisse dire, c'est que ce n'était pas de tout repos.

Après des jours de confrontation est venu le temps des réquisitions.

Peut-être parce qu'elles étaient le reflet d'un procès électrique, les peines requises contre les accusés dans l'affaire de l'évasion de Réau étaient à mon sens très lourdes et disproportionnées.

Vingt-deux ans de réclusion criminelle ont notamment été réclamés à l'encontre de l'évadé lui-même.

À titre de comparaison, dans une affaire d'évasion où des armes de guerre avaient été utilisées, la peine la plus lourde prononcée avait été quinze ans de réclusion.

L'accusé, lui, a salué ces réquisitions d'un sourire et de sifflotements.

Le parquet a également défendu le fait d'avoir ajouté au dossier l'association de malfaiteurs qui s'était organisée dès 2017 pour le projet avorté de Fresnes : « Il n'y a pas un vrai dossier adossé à un dossier factice, mais un projet criminel mûrement réfléchi qui débute en 2017 et avance sous les radars de la justice[1]. »

Pour preuve, il réclame cinq ans d'emprisonnement avec mandat de dépôt pour l'Autre.

À l'encontre du Repenti, le parquet réclame trois ans avec sursis, en affirmant qu'il « a pleinement participé à l'association de malfaiteurs de 2017[2] », et explique que les dispositions de l'article 132-78 du Code pénal ne lui sont pas applicables.

Ce qui est tout bonnement extravagant !

Surtout lorsqu'on sait qu'à la fin de l'instruction, le parquet avait écrit dans un réquisitoire qu'il réclamait expressément qu'on attribue au Repenti le bénéfice des dispositions prévues par l'article 132-78 du Code pénal.

Mais à présent le parquet faisait volte-face.

Cela rappelle, si besoin en est, l'insécurité juridique en matière d'application de cet article.

Nous faisions face à un imbroglio juridique qui démontrait à quel point les textes ne sont pas adaptés à la réalité.

1. « Procès : Vingt-deux ans de prison requis contre Rédoine Faïd pour une évasion spectaculaire "en famille" », article en ligne de Stéphan Durand-Souffland pour *Le Figaro*, 17 octobre 2023, lefigaro.fr/faits-divers.

2. *Ibid.*

Les conclusions contradictoires du juge d'instruction et du parquet soulignent encore l'incertitude juridique qui caractérise le statut de repenti, et la difficile application de l'article 132-78 du Code pénal.

Elles révèlent surtout l'insécurité qui frappe celui qui a décidé de parler : non seulement on ne peut garantir sa protection, mais on ne peut même pas lui promettre une réduction ou une exemption de peine !

Hormis les demandes d'acquittement, la plupart des autres peines requises par le parquet oscillent entre trois et vingt-deux ans de réclusion criminelle.

Maintenant que le parquet s'était exprimé, c'était à mon tour de plaider…

Une avocate à la barre

Quand je me suis avancée pour prononcer ma plaidoirie, j'étais consciente de vivre un moment unique de ma carrière.

Peu de procès avaient ressemblé à celui-ci. Il fallait que mes mots ne ressemblent à rien de ce que j'avais déjà pu prononcer. Il fallait être à la hauteur des enjeux.

Sans surprise, ma plaidoirie a porté sur le statut du Repenti, et toutes les questions qu'il pose et qui n'ont cessé de m'interroger tout au long de cette affaire.

Les implications de mon client dans le projet d'évasion de Fresnes, puis l'évasion de Réau, ne pouvaient être jugées sans prendre en compte le fait qu'il avait collaboré avec la police et la justice. Sa peine devait forcément être évaluée en regard de cette collaboration.

Pour moi, il n'y avait aucun doute possible : la situation du Repenti exigeait une exemption de peine telle que prévue par l'article 132-78 du Code pénal.

J'ai donc commencé par rappeler les enjeux. Ma voix s'est élevée dans la salle d'audience. J'espérais qu'elle toucherait le plus grand nombre. J'espérais qu'on y lirait autant ma colère que mon désir farouche de défendre mon client.

« On entend souvent dire que si la parole est d'argent, le silence est d'or. Pour autant, est-ce que cet adage est vrai ? C'est exactement ce que vous allez devoir trancher.

Nous voilà au terme du procès, avec une seule question : quel sens donner à la parole ?

Car de cette question découle celle qui nous occupe : vaut-il mieux parler ou garder le silence ?

On est bien obligé de se la poser, quand on voit que mon client a fait ses déclarations à la police en mars 2018, soit quatre mois avant l'évasion de Réau. Qu'il a révélé l'existence d'une association de malfaiteurs aux autorités compétentes, et permis l'identification des autres participants. Et qu'en dépit de cela, le parquet ne sollicite pas d'exemption de peine.

Dès lors, à quoi bon parler ? Vraiment, je vous le demande.

Pendant tout le temps qu'a duré cette audience, mon client a été pointé du doigt.

Je ne veux plus prononcer son nom.

Ce nom, il a été suffisamment employé, accompagné d'une surenchère d'adjectifs et d'épithètes.

Rien ne lui a été épargné.

Je ne veux pas répéter de nouveau tous les qualificatifs qui lui ont été accolés. D'autres s'en chargeront avec la délicatesse qu'on leur connaît à présent.

Il y a des noms ici que je ne veux pas prononcer par manque de courage. Ils se reconnaîtront, et cela sera suffisant.

Il y a des noms ici que je ne veux pas prononcer car ils ne le méritent pas.

Je ne suis personne, et je n'ai donc aucune leçon à donner à quiconque.

Je ne suis personne, mais j'ai quand même vingt-huit ans d'exercice professionnel à mon actif. On peut dire que j'ai l'habitude des assises. J'y suis rodée.

Et pourtant, je n'ai jamais vu ça.

Sachez-le, mesdames et messieurs les jurés : une Cour d'assises, c'est toujours difficile. Vous n'êtes pas les premiers à en faire le constat.

Mais je n'ai jamais connu une ambiance comme celle-là.

Je n'ai jamais vu un confrère ignorer le concept des questions complémentaires, lui qui se contente de répéter cinquante fois la même question, en boucle, jusqu'à saturation.

Je n'ai jamais vu un confrère éructer en audience que celui que je défends a envoyé des messages à sa femme lorsqu'elle témoignait. Je n'ai jamais eu à devoir présenter le portable de mon propre client pour prouver à tous que mon confrère est un menteur.

Un avocat se doit d'être indépendant par rapport à son client. Dans ce procès, certains semblent l'avoir oublié.

Que ce soit dans cette salle, au cours des débats mais aussi lors des suspensions d'audience, j'ai entendu prononcer des mots discourtois, outrageants, violents et menaçants.

À l'inverse, les mots les plus simples ont été interdits. Assassinat. Extorsion. Évasion. Financement.

Des mots complètement absents des écoutes et autres sonorisations.

Pourtant, il faut bien l'admettre : deux accusés ont été condamnés pour extorsion par un jugement qui s'est tenu à Marseille. L'accusé a décrit lui-même dans le box une opération de financement. Et bien qu'elle n'ait jamais été retrouvée, une lettre contenant le mot "évasion" a bien existé, tout le monde a fini par le reconnaître.

Toujours des mots.

Les mots de la discorde, dans un drôle de dossier.

Curieux dossier en effet, où les policiers interrogent un individu, mais ne donnent pas suite aux révélations qu'il leur fait en mars 2018.

Curieux dossier, où pas un policier n'assume le fait qu'aucun lien n'ait été établi entre la déclaration de mon client et l'évasion qui allait suivre.

Curieux dossier, où le champagne coule à flots à l'OCLCO. »

Ainsi s'est achevée mon introduction. C'est bon, j'étais lancée. J'ai enchaîné avec le rappel chronologique de toutes les étapes de l'affaire, que je vous ai déjà exposées et que je vous épargne ici. J'étais dans mon élément : concentrée, précise, factuelle. Après toutes ces années à se battre contre vents et marées, c'était l'heure des comptes. Celle de la conclusion également.

« J'aimerais vous dire un mot sur la personnalité de mon client. Celui que je défends a été décrit par l'expert psychologue comme "ne présentant pas de processus délirant interprétatif écartant le sujet de la réalité. Il semble fasciné et impressionné par son coaccusé, le décrivant comme imprévisible et intimidant". Cet expert a conclu : "Le sujet se trouve pris dans une tourmente judiciaire, mais il est parfaitement en mesure de se ressaisir et de s'adapter à tout nouvel intervenant."

À mon tour de vous parler de mon client. C'est la première fois que je ne peux plaider pour un homme sans retracer, comme autant de justifications, les cinq années qu'il vient de traverser.

Ces cinq dernières années se sont résumées pour lui à des procès, à son exclusion d'un programme qui devait le protéger et à une victoire prononcée par les juges judiciaires.

J'aurais pu me répandre dans les médias à ce propos. Si je n'ai répondu à aucune sollicitation des journalistes, c'est parce que j'estime qu'un procès se mène dans l'enceinte judiciaire, et non devant un micro.

Tous n'ont pas eu les mêmes scrupules.

Quand Pinocchio[1] est allé raconter aux médias que mon client était un menteur, ses avocats étaient à ses côtés.

Chaque fois que l'identité de mon client a été révélée dans un article, vous y trouvez les réactions des mêmes avocats, répétant à l'envi que c'est un menteur.

Ne soyez pas dupes de ce qui se joue ici : c'est Poretta. On décrédibilise aujourd'hui la parole de mon client pour préparer le procès de Poretta dans lequel il doit témoigner.

Ce qui se joue ici, pour lui, c'est la survie.

1. C'était le surnom d'un des témoins. *(Note de l'autrice.)*

Ce qui se joue ici, pour moi, dépasse les enjeux humains propres à tout procès. Je veux dénoncer haut et fort le fiasco de ce prétendu système de protection orchestré par des policiers qui ont la main basse sur une commission de huit personnes qu'ils mènent à la baguette.

Quand j'ai rencontré mon client, il bénéficiait de ce système. Et puis on l'en a exclu, sans jamais nous dire quelles étaient les raisons.

Au bout de vingt-huit ans de métier, je comprends enfin pourquoi les accusés ne parlent pas, au vu des risques encourus.

Désormais, je le déconseillerai à quiconque. »

« Ce qui se joue aujourd'hui, c'est une guerre entre police et justice.

J'espère que vous le mesurez.

La justice a donné à mon client une arme : c'est son nom d'emprunt.

Et c'est tout.

Qu'est-ce qu'on a en face ? Dans le camp adverse ?

Je peux vous dire que j'ai été choquée de voir le visage de mon client diffusé à l'écran. Mais le pire, c'est d'apprendre que le clan des accusés a fait main basse sur le public, et qu'il a cherché à faire taire le drame qui était en train de se jouer.

Heureusement, quelqu'un dans le public n'a pas obtempéré. Je l'en remercie.

Ne soyez pas dupes de ce qui s'est réellement passé à l'audience.

C'est à vous d'écrire une nouvelle page de l'histoire judiciaire.

La question n'est pas de savoir si mon client est un menteur.

Ne l'oubliez pas, ce n'est pas sa seule parole qui a conduit certains des accusés devant vous.

Pinocchio n'est pas mis en accusation parce que mon client aurait menti, mais, les juges l'ont écrit noir sur blanc, parce que "les éléments recueillis constituaient un faisceau de présomptions à l'encontre de ce monsieur, mais force est de constater qu'ils n'ont pas été exploités utilement par les fonctionnaires de police de l'OCLCO quand ceux-ci en ont eu connaissance, avant l'évasion".

Ce qu'a dit mon client est corroboré par des éléments objectifs de l'enquête.

Ce qu'on vous demande aujourd'hui de trancher, c'est : a-t-il eu raison de parler ?

De cette plaidoirie ne resteront que vos prises de notes. Que vos prises de mots.

La parole est évanescente.

Seul restera l'écrit.

Les mots qui formeront la feuille de motivation. Cette feuille qui scellera le destin des accusés. Votre vote, à douze, qui confortera je l'espère le vote des onze magistrats de la Cour de cassation, la décision du premier président de la Cour d'appel de Paris, la décision du président du tribunal judiciaire et même, ne l'oublions pas, le président de la CNPR.

On a laissé à cet homme un seul bouclier pour se défendre : une identité d'emprunt.

Donnez-lui mieux.

Par vos mots, vous pouvez consacrer un nouvel état de fait, duquel serait proscrit cet adage ridicule sur la parole d'argent et le silence d'or.

Ce que vous déciderez pourrait consacrer la parole de mon client. Même si cette parole ne vaut rien d'un point de vue judiciaire tant qu'elle n'est pas corroborée par la surveillance, les écoutes, etc.

Ce que vous déciderez pourrait être l'occasion d'en finir avec l'omerta.

Dans quelques heures, je l'espère, l'or de la parole aura pris le pas sur l'or du silence.

Un jour, quand tous les procès seront derrière lui, mon client abandonnera définitivement ce nom qu'il a vu bafouer pendant toute la durée du procès. Alors, il tentera à nouveau de vivre.

Et c'est vous, mieux que moi, qui le défendrez. »

Les dés étaient jetés.

La Cour a délibéré pendant plus de soixante heures.

Il est rare que je vienne au délibéré, peut-être par superstition.

Cette fois encore, je n'ai pas dérogé à ma règle.

Mais on m'a raconté la scène.

Le dénouement était attendu le 26 octobre, après 17 heures.

Dans la salle bondée, de nombreux gendarmes se sont positionnés derrière le public pour prévenir tout débordement.

Finalement, il est plus de minuit quand la présidente commence la lecture de la décision.

L'évadé de Réau est condamné à quatorze ans de prison.

Une peine bien moins lourde que celle réclamée par le parquet.

À titre de comparaison, le Repenti écope de deux ans avec sursis. Mais le statut de repenti ne lui est pas appliqué pour une question de chronologie.

En résumé, au moment où mon client a fait ses déclarations à la police sans être assisté d'un avocat, il ignorait qu'une information judiciaire était déjà en cours. Aucun policier, aucun magistrat ne le lui a dit. Il ne savait donc pas qu'au regard de la loi, il ne répondait pas aux critères légaux et ne pouvait être considéré comme repenti. Et au même moment, n'oublions pas qu'il a été traité dans cette procédure comme un repenti, suivant la saisine des juges d'instruction !

Et aujourd'hui, il est condamné au même titre que les autres.

Voilà…

L'Autre est condamné à deux ans ferme. Sans surprise, il fait appel. À ce jour, cette nouvelle audience n'a pas eu lieu.

Les autres accusés condamnés dans ce volet de la procédure, y compris mon client, n'ont pas fait appel. S'ils sont appelés à comparaître, ce sera en qualité de témoin, sans avoir évidemment à prêter serment de dire la vérité…

La boucle est-elle bouclée ?

Après sept ans de tourmente pour le Repenti, et six ans pour moi, 2024 serait-elle l'année de l'épilogue ? Nous avions toutes les raisons d'y croire.

Une fois achevé le procès de l'évasion de Réau en octobre 2023, celui du double assassinat de Bastia-Poretta se profilait enfin.

De mai à juin 2024, pendant huit semaines, la Cour d'assises des Bouches-du-Rhône devait se réunir pour examiner un crime qui avait marqué les esprits.

Cette fois, le Repenti était entendu en qualité de témoin et non plus d'accusé, ce qui changeait beaucoup de choses, pour lui comme pour moi.

Chaque fois que le Repenti a eu affaire à la police ou à la justice en tant que mis en cause (dans le cadre de la procédure d'infraction à la législation sur les stupéfiants, d'extorsion de fonds et de blanchiment d'argent), je pouvais me tenir à ses côtés, le conseiller et le défendre.

Mais en tant que témoin, il ne pouvait bénéficier de l'assistance d'un avocat.

Cela signifie par exemple que je n'ai jamais pu accéder au témoignage qu'il a livré dès sa garde à vue en décembre 2017. Je n'ai jamais su ce qu'il s'y était dit exactement.

Pourtant, ses révélations étaient suffisamment capitales pour que le juge d'instruction de Marseille décide de saisir la CNPR et de le protéger. La suite, vous la connaissez…

Et donc, pendant les sept années qui ont suivi, l'instruction de l'affaire du double assassinat de Bastia-Poretta s'est poursuivie.

Lors du procès de l'évasion de Réau, les avocats généraux avaient versé dans la procédure l'ordonnance de mise en accusation. Ce document écrit, rédigé par le juge d'instruction, résumait toute l'affaire et évoquait tous les éléments qu'il considérait comme à charge contre les accusés.

Entre autres, le contenu partiel du témoignage du Repenti.

J'ai vu combien le procès de Réau avait meurtri le Repenti. Les avocats de l'Autre l'avaient littéralement harcelé lors de ce procès.

Questionner un accusé, un enquêteur, un expert, un témoin est un véritable art, que peu d'avocats maîtrisent. À mon sens, c'est un exercice bien plus difficile que celui de plaider.

Les questions doivent être simples.

Il faut trouver le ton juste.

En tant qu'avocat, on est tenté d'infléchir les réponses, pour qu'elles aillent dans le sens de la stratégie qu'on a décidé de déployer.

Pour ne pas tordre la vérité, il faut être empreint de calme et de pondération.

Un excellent confrère a dit que c'est la question qui compte, et non la réponse.

Je suis d'accord avec lui. C'est pour cela que la formulation des questions est si difficile à trouver.

J'admire profondément ceux qui maîtrisent l'art du questionnement.

Vous l'aurez compris, j'ai détesté ce procès.

Dans nombre d'autres procès compliqués, difficiles, lourds, j'ai vu des confrères prendre de la distance par rapport à leurs clients. Là, ce n'était pas le cas.

Ils avaient tenté de faire plier le Repenti.

Ils avaient échoué.

Pour autant, le procès avait été éprouvant.

Le Repenti est sorti littéralement vidé de cette audience.

Pour moi, c'était évident : à l'automne 2023, l'épreuve était terminée. Plus jamais il n'aurait à revivre cela.

Son témoignage avait été versé au dossier. La justice pouvait continuer sans lui.

Au début de l'année 2024, le procès du double assassinat de Bastia-Poretta est annoncé dans les médias. Le Repenti et moi restons en contact. Nous en parlons, bien évidemment.

En mai, je reçois un appel me disant qu'on cherche à le faire comparaître comme témoin.

Cet appel est proprement stupéfiant, comme tout ce qui touche au Repenti, vous l'avez compris.

Si celui-ci n'avait pas été exclu du programme du SIAT, c'est le service de police qui aurait fait le lien, et lui aurait transmis sa citation à comparaître.

Là, plus personne ne savait quelle était sa nouvelle adresse. De fait, pour l'administration, il était domicilié à mon cabinet ! J'étais le seul chaînon restant entre l'homme de 2017 et celui de 2024.

J'étais le seul lien entre le Repenti et la Justice.

J'étais – je SUIS – avocate.

Je me retrouvais à servir d'intermédiaire.

La loi n'avait pas suffi à garantir un statut pérenne à mon client. Et on me demandait maintenant de jouer les passe-plats.

Je me retrouvais prise au piège.

Il fallait que je transmette au Repenti sa citation à comparaître.

Ce coup de téléphone était un fardeau.

De mon point de vue, et compte tenu de ce qui s'était passé à la Cour d'assises de Paris en 2023, le Repenti n'avait aucun intérêt à venir témoigner lors de ce nouveau procès.

Une fois de plus, il allait se faire harceler.

Et cette fois-ci, il ne bénéficierait plus de la présence d'un avocat pour être à ses côtés.

À sa place, je n'y serais pas allée.

Et je le lui ai dit.

Mais il en a décidé autrement.

Le Repenti voulait boucler la boucle. Une nouvelle vie avait débuté avec son témoignage en 2017. Il voulait enfin tourner la page, mettre un point final à tout ce qu'il avait vécu pendant sept ans.

Malgré mes réticences, je n'allais pas le lâcher maintenant.

J'ai écrit à la Cour pour demander deux choses : qu'il puisse être entendu en visioconférence, et que l'anonymat de sa nouvelle identité soit garanti.

Les avocats de l'Autre ont exigé que le Repenti soit présent sur place, à la Cour d'assises.

Le président de la Cour a fait droit à cette demande.

Il a dû se rendre sur place.

Il a été entendu pendant une journée complète.

Il m'a tout raconté.

Le procès du double assassinat de Bastia-Poretta a été un procès marquant, à plus d'un titre.

Déjà, parce que les faits étaient d'une toute autre ampleur que de l'extorsion ou du blanchiment d'argent.

Le double assassinat avait défrayé la chronique. Il n'y avait pas de raison qu'il en aille autrement du procès.

Ensuite, parce que tous les accusés détenus ont récusé leurs avocats et ont refusé de comparaître.

Tous, sauf l'Autre.

En effet, quelques jours avant le procès, un fourgon pénitentiaire avait été attaqué au péage d'Incarville, dans l'Eure. Bilan de l'assaut : un évadé dans la nature, trois agents de l'administration pénitentiaire blessés, deux autres tués. Face à ce drame, l'administration pénitentiaire était en grève, ce qui a retardé la tenue du procès du double assassinat de Bastia-Poretta.

Autre conséquence de cette attaque : l'audition des policiers devait être repoussée. Or, ceux-ci devaient prendre leurs congés de façon anticipée pour être de retour afin d'assurer la sécurité lors des Jeux olympiques de Paris, à l'été 2024. Ils ne pourraient donc être entendus que bien plus tard.

Ce retard bouleversait tout le déroulé du procès.

Au lieu d'entendre les policiers en premier, la Cour d'assises des Bouches-du-Rhône était obligée de commencer par les témoins.

Les avocats de la défense ont contesté ce changement de programme. À juste titre : il leur était compliqué de poser des questions aux témoins sans avoir entendu les enquêteurs au préalable.

Le renvoi leur a été refusé. La modification de l'organisation aussi.

Dans un premier temps, tous les accusés ont quitté l'audience et récusé leurs avocats.

Les accusés libres, l'Autre et ses avocats sont revenus pour écouter les témoins.

C'est dans cette atmosphère lourde de tensions que le Repenti est venu témoigner à huis clos. C'était une première prise de risque.

Je n'ai pas compris sa démarche, mais je respecte son choix.

Puis il a accepté de rencontrer un journaliste pour donner une interview[1], prenant ainsi de nouveau le risque de voir sa nouvelle identité dévoilée.

Ça non plus, je ne l'ai pas compris.

Le procès s'est poursuivi.

Le parquet a réclamé une peine de dix ans contre l'Autre.

1. « Exclusif : L'ex-repenti du procès Poretta se confie à *Corse-Matin* », article en ligne de Jean-Philippe Scapula pour *Corse-Matin*, 31 mai 2024, Corsematin.com/article/faits-diversjustice.

C'est la condamnation qui a été retenue par la Cour, qui a rendu son délibéré le 28 juin.

L'Autre a fait appel. C'est son droit le plus absolu. Il y aura donc un nouveau procès.

Quand se tiendra-t-il ?

La boucle n'est définitivement pas bouclée.

LE TEMPS DES CONCLUSIONS

Un appel au changement

Je crois que c'est à Richelieu que l'on doit cette citation : « Il est facile de critiquer la justice, il est plus difficile de trouver les remèdes à ses maux. »

En l'état actuel des textes et au regard de mon expérience, je l'affirme sans hésitation : il faudrait être fou pour collaborer.

Vraiment, je le déconseille à quiconque.

Il est évident qu'il règne encore une trop grande opacité autour du statut de repenti.

Le grand public ignore tout du sujet. Et pour les premiers concernés, ce n'est guère mieux.

Les quelques articles qui commencent à paraître sur la question sont rarement lus par les cibles des programmes de protection.

Les magistrats proposent donc en l'état de tels programmes en sachant qu'ils n'offrent aucune garantie.

Si on veut promouvoir le statut de repenti, il va falloir le repenser de fond en comble.

C'est d'ailleurs l'une des préconisations d'un rapport présentant les conclusions de la commission d'enquête du Sénat sur l'impact du narcotrafic en France, publié en mai 2024. Ce rapport, assez alarmant, entend identifier « les failles qui nuisent à la réponse de l'État, depuis le positionnement international de la France jusqu'aux moyens dédiés aux services de terrain, en passant par les sujets de coordination entre acteurs, de procédure pénale et de lutte contre le blanchiment[1] ». Parmi les axes d'amélioration proposés, un volet aborde la possibilité de « mieux protéger le recours aux informateurs et étendre le statut des repentis ».

Voici les quatre axes avancés par le rapport :

– libéraliser le recours aux repentis et garantir aux personnes concernées une réduction ou une exemption de peine ;

– distinguer clairement le pilier judiciaire du pilier administratif dans la sélection des repentis ;

– confier le monopole de la gestion des repentis et des infiltrés civils en matière de stupéfiants au futur PNAST (Parquet national antistupéfiants) ;

– donner à la CNPR tout son rôle dans la gestion des témoins protégés.

Je me félicite de voir que la législation souhaite encadrer le statut de repenti. Cependant, et c'est à mon sens la question la plus criante, aucune disposition n'est prévue pour assurer aux personnes concernées le droit d'être assistées par un avocat, qui puisse représenter leurs intérêts et les défendre.

À l'occasion de cette commission d'enquête du Sénat, le président actuel de la CNPR a été entendu en audition le 12 février 2024. Il s'est exprimé en particulier sur le statut de repenti.

Détail amusant : le président de la CNPR s'étonne que le recours aux repentis et les dispositifs qui en découlent sont insuffisamment exploités par les magistrats et les enquêteurs. Étonnant en effet, quand on voit le parcours du combattant que nous avons dû traverser, mon client et moi !

Il n'avait pas eu affaire à mon client, puisque celui-ci avait été exclu du programme avant sa prise de fonction. Néanmoins, il a évoqué sa situation à plusieurs reprises.

Il est vrai que mon client représente un cas d'école : il a cumulé les casquettes de témoin protégé et de repenti.

1. « "Une France submergée par le narcotrafic" : le rapport choc du Sénat sur le marché de la drogue », article en ligne de François Vignal pour Public Sénat, 14 mai 2024, publicsenat.fr/actualites.

Le nouveau président de la CNPR a rappelé la distinction entre repenti judiciaire et repenti administratif, et que les deux situations n'étaient pas liées ; ou en tout cas que l'une n'entraînait pas automatiquement l'autre. Il a illustré ses propos en évoquant le procès de l'évasion de Réau lors duquel mon client ne s'était pas vu accorder l'application des dispositions prévues par l'article 132-78 du Code pénal, alors que la CNPR lui avait reconnu ce statut administrativement dans le cadre de cette affaire.

Il a également évoqué l'affaire du retrait du nom d'emprunt, où les décisions judiciaires se sont faites à l'encontre de celles prises par la CNPR au moment où elle excluait mon client du programme de protection.

Ne rêvons pas : au moment d'aborder ce point, le nouveau président de la CNPR ne semblait lui-même pas connaître les motifs de l'exclusion : à l'heure actuelle, je ne les connais d'ailleurs toujours pas moi-même !

Ce qui m'intéresse dans son témoignage, c'est qu'il reconnaît qu'en cas de décision de la CNPR (dans ce cas précis : l'exclusion), ni motivation ni recours ne sont prévus. Et lui-même est conscient du problème : il préconise qu'un exposé des motifs et la possibilité d'un recours soient désormais envisagés.

Il suggère également que c'est à la CNPR de décider d'octroyer ou de retirer un nom d'emprunt, sans passer par un juge judiciaire. Vous vous doutez bien que ce genre de propos me fait bondir. C'est la porte ouverte aux décisions arbitraires, et Dieu sait qu'on en a déjà fait les frais concernant la CNPR ! Si l'affaire de mon client avait eu lieu dans le cadre préconisé par la CNPR, on lui aurait retiré son nom d'emprunt sans qu'aucun recours ne soit envisageable, avec les conséquences désastreuses qu'on imagine.

Contre ce genre de propositions, je veux opposer le principe de contradictoire et le droit d'être défendu par un avocat. Des principes de base dans une démocratie.

Je ne suis pas la seule à penser que le statut de repenti comporte nombre de failles à combler, à l'heure où il s'impose dans les débats autour d'enjeux nationaux.

Mais les processus de réflexion et de transformation sont longs !

Souvent, le manque de moyens est invoqué pour justifier l'absence de changement au sein de la législation.

En l'occurrence, l'argent n'est pas un problème. Le programme de protection est financé par l'AGRASC, l'Agence de recouvrement des avoirs criminels. En 2023, le montant des saisies opérées par l'AGRASC dépassait le milliard d'euros[1] ! (Bien entendu, l'intégralité de cette somme n'est pas allouée au programme de protection.)

L'expérience qui a été la mienne pendant ces années m'a permis de conclure deux choses : en l'état, la loi française n'est pas adaptée à la situation du repenti, pas plus que la formation des fonctionnaires en charge d'encadrer le repenti et sa famille.

Et j'appelle de tous mes vœux un changement.

J'espère que la commission d'enquête du Sénat sur l'impact du narcotrafic en France entraînera des améliorations notables concernant le statut de repenti, même si les points soulevés plus haut me font craindre des zones grises.

Pour l'heure, je livre un bilan provisoire et les axes qui, selon moi, méritent d'être consolidés.

1. Agence de gestion et de recouvrement des avoirs saisis et confisqués, Rapport d'activité 2023, Édito de Frédéric Benet-Chambellan, p. 3.

Un dispositif inadapté

Le dispositif légal n'est pas adapté aux niveaux judiciaire et individuel.

Au niveau judiciaire, le dispositif légal consiste à attendre *in fine* qu'une juridiction (soit un tribunal correctionnel, soit une Cour d'assises) décide de constater que le repenti est en droit de bénéficier des dispositions de l'article 132-78 du Code pénal.

Ce dispositif constitue au mieux une incertitude, au pire un aléa qui est contre-productif.

Dire à un individu qu'il pourra bénéficier du statut de repenti quand il sera jugé dans deux, trois ou quatre ans – et encore, sans que l'obtention de ce statut lui soit assurée – est bien sûr complètement dissuasif.

De plus, la loi prévoit dans certains cas une exemption totale de peine, et dans l'autre une diminution de moitié de la peine encourue.

Donc l'individu n'a aucune garantie d'obtenir un statut, ni ne sait de quoi il va bénéficier exactement.

Dans ces conditions, qui aurait envie de parler ?

Au niveau individuel, c'est l'effet miroir : il y a l'absence de garantie sur ce que le repenti aura à gagner en parlant. Et il y a une absence de garantie sur ce qu'on peut lui éviter de perdre en parlant.

Il suffit de voir ce qui se passe en prison. Dès qu'un détenu récolte l'étiquette de balance, il fait l'objet de menaces, voire de violences au sein même de l'établissement pénitentiaire.

À l'extérieur, vous risquez carrément d'être tué pour avoir parlé.

Dans ces conditions, personne ne parle, et c'est totalement compréhensible.

D'expérience, j'ai souvent constaté que ceux qui avaient décidé de parler n'ont récolté qu'une chose : des ennuis.

Par ailleurs, le dispositif légal prévu par le décret n° 2014-346 doit être totalement revu.

Il est inconcevable que le repenti et/ou le témoin protégé n'ait pas en sa possession une copie du contrat qui le lie à la justice et statue sur son cas.

Il est inconcevable que son exclusion puisse faire l'objet d'une commission sans qu'il soit entendu et, partant de là, sans même qu'il soit assisté par un avocat.

Il est inconcevable qu'il apprenne cette décision par voie de presse.

Cette pratique est absolument unique en France.

À ma connaissance, toutes les procédures prévoient qu'une personne accusée puisse se défendre et être assistée dans cette démarche. Cela répond à la simple exigence d'un débat contradictoire.

Même dans les prisons françaises, où l'on pourrait croire que les dispositifs légaux sont moins regardants, les droits des individus sont mieux garantis. Grâce à la loi du 12 avril 2000 et sous l'influence de Maître Thierry Lévy, alors président de l'Observatoire international des prisons, les détenus poursuivis pour des infractions commises en contrevenant le règlement de la prison et faisant l'objet d'un passage au prétoire ont le droit d'être assistés par un avocat.

Et pourtant, dans le cas de mon client, l'exclusion a été décidée sans que nous puissions avoir accès à aucun document justifiant une poursuite.

Son cas a été examiné sans qu'il puisse être entendu, sans qu'il puisse faire valoir ses arguments.

Sans qu'il puisse être défendu.

Et évidemment, sans qu'il puisse faire appel de cette décision.

Ce processus est totalement arbitraire.

Ma première préconisation concernant le statut de repenti serait donc d'aménager dans la procédure une place au contradictoire, grand principe du droit pénal français mais grand absent de la question.

Évidemment, il faut trouver un équilibre avec le caractère secret que doit revêtir la protection, mais cela n'est pas de l'ordre de l'impossible.

Concernant l'encadrement du repenti et de sa famille, il faut s'interroger sur la compétence des organismes qui en ont la charge.

Actuellement, c'est le SIAT qui assure cet encadrement.

Encore une fois, je l'affirme au regard de mon expérience : ce n'est pas sain.

Je rappelle aussi les réflexions qu'a pu entendre la famille de mon client, les jugements sur leur vie, le manque de considération.

Il semblerait que certaines personnes rentrées dans le programme de protection (à l'occasion de la commission d'enquête sur le narcotrafic en France, le chiffre de 60 personnes protégées par le programme a été avancé) aient décidé d'en sortir car elles ne supportaient pas l'encadrement du SIAT.

Dans ces circonstances, il me paraît indispensable que le service qui a la charge d'encadrer les repentis et leur famille soit sans lien aucun avec la police.

Mieux encore, les membres de ce service devraient suivre systématiquement une formation technique et psychologique.

Tout le monde n'est pas né pour rejoindre automatiquement le Bureau des légendes.

La famille du Repenti pourrait en témoigner : il n'est pas si simple de créer une nouvelle identité qui soit crédible. D'où les incidents auxquels ils ont été confrontés : CV démasqué, dossier de location d'une maison invalidé, etc.

Il ne s'agit pas simplement d'inventer de toutes pièces une nouvelle vie, encore faut-il lui donner l'apparence de la réalité.

Voilà pour le volet technique. Quant à la formation psychologique, elle me paraît elle aussi indispensable. C'est déjà le cas pour les personnes auxquelles on accorde le statut de repenti, ça devrait également l'être pour les membres du SIAT.

Il faut comprendre qu'en plus de traverser le temps long des procédures judiciaires, le repenti doit gérer une nouvelle vie et apprendre à vivre sous une nouvelle identité, mentir en permanence.

Recommencer sa vie implique de rompre avec l'ancienne.

Et pourtant, le repenti ne cesse d'être assigné à son ancienne vie dès lors qu'il se présente aux convocations judiciaires pour raconter ce qu'il a vu, ce qu'il a entendu, ce qu'il a su.

Vu de l'extérieur, et au regard de ce que le Repenti m'a confié, c'est un exercice qui m'a semblé particulièrement complexe.

Vous trouvez que jongler avec des balles est compliqué ? Imaginez que vous ayez à jongler entre plusieurs vies…

Et ce n'est pas qu'une question d'agilité. Pas quand la peur s'invite à chaque instant.

Il me paraît donc nécessaire d'envisager un soutien psychologique spécifique aux repentis, avec un professionnel spécialement formé à leur situation, et d'améliorer ainsi l'encadrement déjà existant.

Enfin, il faut absolument que l'indépendance de la CNPR soit garantie. À l'heure actuelle, la commission est sous tutelle du ministère de l'Intérieur, comme le SIAT. Première collusion.

Deuxième collusion, peut-être plus parlante encore : le secrétariat de la CNPR est géré par le SIAT, et le SIAT a voix consultative !

Comment voulez-vous qu'il n'y ait pas, au mieux des copinages, au pire des pressions ?

Pas étonnant que mes tentatives de médiation avec le président de la CNPR aient échoué.

Comment peut-on penser un statut de repenti digne de ce nom sans ériger des barrières strictes entre le SIAT et la CNPR ? Qu'ils aient besoin de collaborer, c'est une chose. Que les uns aient ouvertement l'oreille des autres, et puissent leur dicter leurs desiderata, c'en est une autre.

L'herbe est plus verte...

Et qu'en est-il des autres pays ? Si on est tenté de se tourner vers nos voisins pour s'inspirer de leur système, force est de constater qu'il est difficile de dresser un panorama complet. Et bien qu'on puisse comparer les solutions mises en place, il ne faut pas oublier que chaque pays a une histoire et un rapport au système judiciaire qui sont différents.

En tout, huit pays autres que la France disposent d'un statut de repenti ou songent à s'en doter : l'Allemagne, l'Angleterre et le pays de Galles, l'Autriche, la Belgique, l'Espagne, l'Italie, les Pays-Bas et les États-Unis[1].

Le système anglo-saxon est le plus ancien, puisqu'il date du XVIe siècle ! Déjà à l'époque, les *turn king's approvers* ou *turn queen's approvers* (« témoins de la Couronne ») incriminaient leurs complices afin d'adoucir leur sentence et d'éviter ainsi la peine de mort. Mais pour prévenir les abus, le statut est rapidement assorti de précautions : aucun témoignage n'a de valeur en soi, il doit forcément être corroboré par d'autres éléments pour être reçu.

Le recours aux repentis a été particulièrement massif durant le conflit nord-irlandais. En tout, une trentaine de *supergrasses* (« super-mouchards ») ont témoigné contre leurs camarades, loyalistes ou républicains, en échange de réductions de peine et

1. Service des études juridiques, « Les repentis face à la justice pénale », étude de législation comparée nº 124, juin 2023, Senat.fr/lc.

de mesures de protection. Ancien membre de l'IRA, Christopher Black a ainsi contribué à l'arrestation d'une trentaine de partisans, pour des sentences dont le total dépasse les quatre mille années de prison[1] !

Cependant, nombre de condamnations obtenues après le témoignage des *supergrasses* ont par la suite été annulées en appel, ce qui a réduit le recours aux informateurs.

Quoi qu'il en soit, le système anglo-saxon est très peu codifié par rapport au nôtre : le statut de repenti est concevable dans tous les domaines, sans restriction, et l'accusation peut ainsi négocier facilement un abandon ou un désistement partiel des poursuites à l'égard de celui qui souhaite témoigner.

Les États-Unis se sont appuyés sur le système anglo-saxon, qu'ils ont adapté à leurs besoins. Le pays a notamment eu massivement recours aux repentis dans les affaires concernant le crime organisé, notamment la lutte contre la mafia. La loi RICO de 1970, qui entérine l'organisation d'un véritable arsenal policier et juridique pour lutter contre le crime organisé, acte ainsi la création du programme WITSEC de protection des témoins, qui devient effectif dès 1971.

Oui, il y a déjà cinquante ans que ce programme existe…

Et en cinquante ans, il a protégé près de 20000 personnes, témoins et familles confondus[2] !

Le système américain se caractérise par sa simplicité, dictée par les nécessités du terrain : pour vaincre le crime organisé, il faut pouvoir y répondre rapidement et efficacement.

Le procureur peut ainsi décider d'abandonner les poursuites contre un repenti en échange de son témoignage, sans avoir besoin d'une audience pour trancher. D'ailleurs, il a même toute

1. « Les "super-mouchards" de l'Irlande du Nord », article de Claire Tréan pour *Le Monde*, 26 septembre 1983, lemonde.fr/archives.

2. Département de la Justice des États-Unis, « US Marshals Service : This Is Who We Are », p. 3, usmarshals.gov.

latitude pour passer l'accord de son choix avec une personne en mesure de témoigner, sans que cet accord soit encadré par des dispositions légales, comme c'est le cas en Europe.

Parmi les deals les plus surprenants passés par les procureurs figure celui proposé à James Keene. Condamné à dix ans d'emprisonnement pour trafic de stupéfiants, celui-ci s'est vu proposer une annulation de peine s'il parvenait à obtenir les aveux d'un tueur en série présumé qu'il côtoyait en prison[1] !

En Europe, le cadre juridique est beaucoup plus strict. Chez nos voisins (Autriche, Belgique, Allemagne ou Espagne), comme en France d'ailleurs, le recours au repenti ne peut être envisagé qu'à condition qu'il ait été prévu et encadré par un texte de loi, même s'il existe des variables d'un pays à l'autre. La loi définit les conditions strictes dans lesquelles s'applique le statut de repenti (souvent limitées au crime organisé), et les compensations dont il peut bénéficier.

En la matière, l'Italie est un cas à part, et fait incontestablement figure de précurseur, puisque le statut de *pentito* a été créé dès les années 1970 pour lutter contre le terrorisme des années de plomb. Il a ensuite été renforcé dans les années 1980 et 1990 pour lutter contre la mafia, après le maxi-procès de Palerme et le témoignage du *pentito* Tommaso Buscetta.

En 2013, on comptait 1 200 collaborateurs de justice (on est loin des 60 annoncés en France !), chiffre auquel il faut ajouter les familles, soit environ 5 000 personnes qui sont entrées dans le programme de protection[2].

Il faut dire aussi que l'Italie a étendu le statut du repenti à tous les domaines de la criminalité organisée, aux infractions graves

1. James Keen et Hillel Levin, *Black Bird*, traduction de Fabrice Pointeau, Sonatine Éditions, 2022.

2. Chiffres fournis par le subsitut du procureur de la Direction nationale antimafia, « Lutte contre le crime organisé : vers un statut du repenti », article en ligne de Delphine Saubaber pour *L'Express*, 12 avril 2013, lexpress.fr.societe.

(dont la peine de prison dépasse huit années) et l'utilise même dans les cas de vol ou d'atteinte au droit d'auteur[1].

En France, le champ d'application du repenti est au contraire très restreint. Le meurtre en est par exemple exclu.

Concernant les mesures de protection, l'Italie a recours aux mêmes arsenaux que nous (visioconférence, huis clos, etc.), mais réserve la procédure aux condamnations pour terrorisme, association mafieuse ou trafic de stupéfiants (l'attribution d'un statut de repenti ne vaut donc pas systématiquement mesures de protection). Il existe également plusieurs niveaux de protection : déménagement, versement de prestations pour compenser un salaire, changement d'identité...

Que ce soit en France, en Italie ou aux Pays-Bas, une constante demeure : les seules déclarations d'un repenti ne peuvent emporter une condamnation, elles doivent être corroborées par d'autres éléments.

Pour les autres pays, l'appréciation de la valeur du témoignage et de sa place dans le procès est laissée au juge. Les juges anglais et américains invitent cependant les jurés à la prudence lorsque leur décision doit être rendue d'après les seuls déclarations d'un repenti.

Clairement, en matière de repenti, la France est encore novice. À l'échelle européenne, elle ne fait cependant pas figure de mauvais élève. Mais les points d'amélioration sont encore nombreux.

Il est facile de comparer des dispositions législatives et de discuter avec légèreté de leur bien-fondé, en oubliant les conséquences à l'échelle humaine...

Chaque oubli, hésitation ou angle mort de la loi est une porte ouverte à la possibilité de broyer des existences.

1. Service des études juridiques, « Les repentis face à la justice pénale », étude de législation comparée n° 124, juin 2023, Senat.fr/lc.

Le mot de la fin

Le métier d'avocate m'a changée.

Depuis que je l'exerce, j'ai appris à me blinder.

Mon ancien patron, Maître Pierre Haïk, rappelait souvent lors de ses plaidoiries qu'il y a deux institutions à éviter : l'hôpital psychiatrique et la justice.

On sait quand on y entre, mais on ne sait pas quand on va en sortir.

Je ne peux qu'être d'accord. Après des années à la barre, je vous assure que je ne souhaite à personne d'avoir affaire à la justice, et encore moins à la justice pénale.

Et je ne parle pas que des crimes les plus graves. Tous ceux qui ont eu à divorcer savent de quoi je parle. Ils ont rarement de bons souvenirs de cette période et de la procédure judiciaire.

Personnellement, je ne me suis rendue que de rares fois dans le couloir des juges aux Affaires familiales, dans l'ancien tribunal de grande instance de Paris, qui se situait sur l'île de la Cité. Et pourtant, j'en garde un affreux ressenti.

Je pensais naïvement y trouver des gens qui s'étaient aimés, qui s'étaient mariés, et qui, c'était sûr, se traiteraient mutuellement avec dignité ! Et pourtant ils étaient là, dans le couloir, attendant d'être reçus par le juge, et ils refusaient même de se regarder. La procédure de divorce les avait montés l'un contre l'autre jusqu'à l'irréconciliable.

Au pénal, c'est pire.

Que l'on soit plaignant ou auteur, l'expérience est violente.

Cette violence s'explique d'abord par la nature des actes dénoncés. Assassinats, meurtres, vols à main armée, viols, bien évidemment... mais aussi d'autres faits auxquels on ne pense pas immédiatement, qui relèvent de la délinquance en col blanc.

Le droit pénal regroupe toutes les atteintes commises contre les personnes et les biens. Les faits sont classés selon leur gravité, et vont de la simple contravention aux crimes. Pour les juger, les juridictions sont là encore déterminées par la gravité des faits : tribunaux de police (contraventions en première instance), tribunaux correctionnels (délits), cours d'appel, cours criminelles départementales (crimes en première instance) et cours d'assises.

Et qui dit jugement dit personnes à juger. Or, pour tous les prévenus et tous les accusés, comparaître pour être jugé est une épreuve. Vécue différemment par chacun certes, mais une épreuve malgré tout. Que ce soit en défense ou en partie civile, tous ceux que j'ai assistés m'ont confessé, à un moment où à un autre, qu'ils ne s'imaginaient pas à quel point cela allait être dur.

Pour une victime, c'est extrêmement difficile de décrire une agression physique, une pénétration sexuelle non consentie, la peur de mourir, ou celle de vivre mutilée ou handicapée. C'est extrêmement difficile d'évoquer la mort de son enfant. C'est extrêmement difficile de raconter sa vie d'après.

Et pour ceux qui comparaissent, ce n'est pas mieux. Il y a ceux qui plaident leur innocence et ne parviennent pas à la faire entendre. Il y a ceux qui sont entendus mais pas écoutés. Il y a ceux qui n'ont pas les mots pour expliquer les maux reprochés. Il y a ceux qui sont submergés par la honte, par la culpabilité. Il y a ceux qui ne comprennent pas.

Bref, il y a autant de situations qu'il y a d'êtres humains. Et c'est d'ailleurs pour cette humanité que j'aime ce métier. C'est peut-être de la naïveté, mais je crois à la seconde chance. Pourtant, sans naïveté cette fois, après toutes ces années de pratique, je peux le redire : avoir affaire à la justice, c'est violent.

Il y a aussi la violence inhérente à la procédure. Le saut dans l'inconnu. La lenteur de la justice. La méconnaissance du processus judiciaire, la difficulté à comprendre le déroulement de la procédure, l'impression de ne pas maîtriser les codes.

C'est pourquoi le rôle de l'avocat est si important. C'est la branche à laquelle se raccrocher quand le sol se dérobe sous vos pieds.

Si j'ai décidé d'être avocate, c'est, pour reprendre le titre du livre d'Albert Naud, *Les défendre tous.*

Par pour juger, mais pour écouter, conseiller et assister.

C'est dans l'ADN de tous les avocats. Une démocratie sans défense ne saurait exister. Il en va de son honneur : il faut avoir la capacité d'être à l'écoute, ne serait-ce que pour comprendre, et éviter que les faits ne se reproduisent.

L'avocat est souvent le dernier recours pour celui qui est accusé. Et comme je vous le disais, il n'y a jamais de petite affaire. Celui ou celle qui est confronté à la justice le sait : c'est une machine qui peut s'avérer terrible, qui peut broyer des vies.

Alors j'ai toujours accepté de défendre ceux qui me font l'honneur de me choisir. Même si…

Défendre, c'est inévitablement se prendre des coups.

Défendre, c'est soutenir des personnes à bout de bras.

Défendre, c'est souvent se retrouver seule contre tous.

Les audiences sont les caisses de résonance des crimes et des larmes. Alors, à force d'être confrontée au désespoir, j'ai appris à mettre de la distance.

Pour me protéger.

Ça, c'était mon credo avant d'accepter le Repenti comme client.

Ce cas à part a eu forcément énormément d'impact sur moi. Et il est clair que la distance prudente que j'observais dans mes autres affaires était mise à mal dans celle-ci.

À commencer par la distance avec mon client lui-même.

En cinq ans, le Repenti et moi avons beaucoup parlé.

Il me racontait plus que ce que j'aurais voulu, plus que ce qu'un client confie normalement à son avocat.

Mais à qui pouvait-il parler à part moi ?

Il lui a fallu gérer plusieurs vies : celle d'avant la rencontre avec l'Autre, celle d'après la rencontre, celle liée à la justice, celle à venir.

Souvent, il me dit que je lui rappelle une vie qu'il essaie d'oublier. Alors, le contact est difficile.

Et en même temps, son besoin de parler est constant. Ses craintes, ses peurs, il ne peut les partager qu'avec moi.

Certes, il a une famille. Mais il doit rester solide pour les siens. Il doit assumer ce choix qu'il a fait en si peu de temps, dans l'angoisse de la garde à vue. Il est hors de question qu'il évoque ses doutes avec eux.

Et puis il y a le secret professionnel. Grâce à ce principe, le client sait qu'il peut tout dire à son avocat. Dans le cas d'un repenti, l'avocat est même souvent la seule personne avec laquelle il peut partager le secret de son ancienne vie et de sa nouvelle identité.

La seule personne auprès de laquelle il peut enfin décharger son fardeau.

Peu à peu, je suis devenue la confidente de mon client.

Et je le resterai.

Sa confiance m'honore.

La question de la distance vis-à-vis de l'affaire s'est également posée.

Au début, tout était nouveau. En 2018, je me disais que la situation était inédite, et que j'allais découvrir un univers complètement inconnu et mystérieux, celui de la protection d'identité.

Et en effet, je découvre les rendez-vous secrets organisés par le SIAT, les codes utilisés pour rendre les conversations prétendument confidentielles et non localisables, le port du gilet pare-balles par le Repenti…

J'avais l'impression d'être dans un film.

Tout était nouveau, et le fait d'être sortie de ma routine de pénaliste avait forcément un côté excitant.

La défense m'apparaissait d'une simplicité angélique : le Repenti racontait tout, expliquait tout. Il était entendu. Il était protégé.

Mais les grains de sable sont rapidement apparus, et la machine s'est grippée.

Tout de même, je n'aurais jamais anticipé le fait qu'il serait exclu du programme de protection.

Tout comme je n'aurais pu imaginer qu'il devienne ingérable pour le SIAT – ou, pour être un peu plus honnête : que le SIAT se révélerait incapable de le gérer.

En tant qu'avocat, on ne se contente pas de constater ces manquements. On les vit. On les affronte.

Pendant cinq ans, je suis passée par tous les sentiments, de l'impression première qu'il s'agirait d'un dossier facile à la curiosité liée au statut du Repenti, puis à l'incompréhension vis-à-vis du traitement qui lui était réservé. Avant d'être enfin confrontée à l'incompétence, à la lâcheté, aux menaces, à la solitude. Bien sûr, j'ai aussi eu la chance de bénéficier du soutien de mes bâtonniers et de mes collaborateurs. Mais cela pèse parfois bien peu dans la balance face aux violences verbales, à la crainte pour ma propre vie, à la remise en cause de mon professionnalisme.

Pour autant, allais-je être défaite ? Non.

Je suis devenue encore plus suspicieuse, méfiante et combative.

REMERCIEMENTS

J'ai fait face à une situation atypique.

J'ai vécu de multiples rebondissements.

Je me suis confrontée à des articles de loi inusités.

J'ai croisé la route de manipulateurs violents et faux.

J'ai compris que certains de mes interlocuteurs étaient en réalité des adversaires.

J'ai été témoin de dissensions inextricables.

Je me suis sentie seule parfois, trop seule peut-être, pour porter la voix de cet homme.

Ne voulant embarquer personne dans la tourmente, je me suis tue.

Mais j'ai pu aussi compter souvent sur des alliés précieux.

Les remercier, c'est leur dire combien je suis redevable de leur écoute attentive, de leur sagesse aussi, et de leur soutien toujours sans faille.

Parmi eux :

Mes collaborateurs fidèles : Laura Tarier, Sophie Ansary et Antonin Gorce.

Mes bâtonniers de l'ordre du barreau de Seine-Saint-Denis.

Mon éditeur Arnaud Hofmarcher et toute l'incroyable équipe de Sonatine Éditions.

Enfin, ceux qui dans l'ombre veillent sur moi.

Force doit rester au Droit.

ANNEXES

Chronologie judiciaire

2016

Incarcération du Repenti à la prison de Fresnes.

2017

Fin février : première rencontre entre le Repenti et l'Autre, qui est en libération conditionnelle sous bracelet électronique, dans un hôtel de Loire-Atlantique. Pendant ce temps, des agents de l'OCLCO enquêtent sur l'Autre dans le cadre d'une procédure ouverte à Marseille pour trafic de stupéfiants, blanchiment, extorsion et association de malfaiteurs.

Mars : le Repenti a besoin de 75 000 euros, il en parle à l'Autre en présence d'une troisième personne.

De mars à décembre : le Repenti assiste à de multiples rendez-vous avec l'Autre. Sur demande de l'Autre, il se rend également à Paris pour rencontrer ses contacts. C'est à cette occasion qu'il rencontre le frère du futur évadé de Réau.

Fin mars : demande de prêt de 75 000 euros contre la promesse d'un remboursement de 150 000 euros. Le véhicule de l'Autre est sonorisé, sa ligne mise sur écoute : cette surveillance permet aux policiers d'établir des liens entre le Repenti, l'Autre et le frère du futur évadé de Réau.

3 avril : Rendez-vous du Repenti au bar du Méridien (porte Maillot) pour récupérer les 75 000 euros apportés dans une enveloppe kraft par un tiers jamais identifié. Cette somme est confiée à un « partenaire » qui disparaît avec l'argent. À la suite de cet incident, les relations entre le Repenti et l'Autre se tendent, ce qui est perceptible dans leurs conversations captées par les écoutes téléphoniques.

De juillet à septembre : à la suite des éléments recueillis par la surveillance policière, le juge de Marseille transmet le dossier au parquet de Paris, qui lance une enquête préliminaire pour projet d'évasion.

Septembre : le Repenti récupère un téléphone PGP pour le compte de l'Autre.

13 septembre : réquisitoire introductif pour association de malfaiteurs en vue d'un délit d'évasion en bande organisée de la prison de Fresnes courant 2017.

5 décembre : double assassinat de l'aéroport de Bastia-Poretta.

18 décembre : interpellation de l'Autre, du Repenti et de sa femme par la BNLCOC. Lors de sa garde à vue, le Repenti est entendu à sept reprises dans le cadre d'une commission rogatoire délivrée par le juge d'instruction de la JIRS de Marseille. Il est entendu une huitième fois pour une déclaration qui sera versée au dossier constitué dans le cadre de la procédure du double assassinat de Bastia-Poretta. Le Repenti est ensuite remis en liberté.

2018

18 janvier : le Repenti est entendu dans le cadre d'une audition libre concernant le double assassinat de Bastia-Poretta.

De janvier à mars : période sans statut. Le cas du Repenti est examiné par la CNPR à la demande du juge d'instruction de la JIRS de Marseille.

11 mars : les frères du futur évadé de Réau déposent un portable dans sa boîte aux lettres. Cet acte accélère le processus d'intégration du Repenti dans le programme de protection des témoins du SIAT.

Mars : parution de l'article du *Monde* révélant ses déclarations aux policiers qui précipite l'entrée du Repenti dans le programme de protection des témoins du SIAT.

23 mars : nouvelle audition libre de dix heures dans le cadre de l'enquête sur le double assassinat de Bastia-Poretta à la BNLCOC, au cours de laquelle le Repenti évoque le projet d'évasion de Fresnes sans savoir qu'une instruction a déjà été ouverte au tribunal judiciaire de Paris.

29 mars : ordonnance rendue par le président du tribunal judiciaire de Paris qui autorise le recours à une identité d'emprunt pour le Repenti et sa famille.

1er juillet : évasion de la prison de Réau.

3 août : convocation à Marseille en la présence de son avocate et mise en examen pour blanchiment, extorsion et association de malfaiteurs.

Décembre 2018 : avertissement solennel de la CNPR.

2019

30 juillet : le Repenti est de nouveau entendu par le juge d'instruction de la JIRS de Marseille dans le cadre de la procédure pour blanchiment, extorsion et association de malfaiteurs.

2020

13 mars : sanction financière décidée à l'encontre du Repenti par la CNPR.

Mars : le Repenti est placé en garde à vue par la BRB de Versailles et mis en examen dans le cadre de la procédure pour association de malfaiteurs en vue de commettre un délit d'évasion. À cette occasion, les magistrats de Paris considèrent qu'il doit bénéficier du statut de repenti et saisissent la CNPR.

28 mai : confrontation du Repenti avec l'Autre au tribunal judiciaire de Marseille dans le cadre de l'affaire de blanchiment, extorsion de fonds et association de malfaiteurs.

17 juin : la CNPR lui accorde le statut de repenti, tandis que les relations avec le SIAT se dégradent. Les échanges de son avocate avec le président de la CNPR se multiplient.

2021

15 avril : avis de décision d'exclusion à l'unanimité du programme de la CNPR, sans recours possible.

27 avril : publication d'un article de presse par lequel l'avocate du Repenti découvre son exclusion du programme de la CNPR. Elle envoie immédiatement un courrier en recommandé avec accusé de réception.

3 mai : demande écrite du procureur de Paris au président du tribunal judiciaire de Paris réclamant de faire droit à la demande de la CNPR tendant au retrait du nom d'emprunt.

27 mai : des magistrats du parquet et de l'instruction en charge des différentes procédures parisiennes et marseillaises saisissent la CNPR pour être entendus.

17 juin : la CNPR adresse à la demande des magistrats une fin de non-recevoir.

8 juillet : convocation du Repenti en présence de son avocate et de sa femme pour être entendus en présence du parquet. Le président met en délibéré sa décision.

13 juillet : le président du tribunal rejette la requête de la CNPR.

15 juillet : le président de la CNPR interjette appel.

8 octobre : nouvelle audience tenue devant le premier président de la Cour d'appel et le parquet de Paris, cette fois en présence du président de la CNPR.

14 octobre : le premier président de la Cour d'appel confirme la décision de première instance en faveur du Repenti. Le président de la CNPR demande un pourvoi en cassation.

15 décembre : jugement rendu pour les faits d'extorsion et d'association de malfaiteurs dans le cadre de l'affaire marseillaise.

2022

2 mars : la première chambre civile de la Cour de cassation rend un arrêt rejetant le pourvoi de la CNPR.

Le Repenti est autorisé à conserver son nom d'emprunt.

2023

Mai : le Repenti est condamné par la Cour criminelle départementale à une peine de cinq ans avec sursis. Il interjette appel. La procédure est donc toujours en cours.

Septembre : début du procès de l'évasion de Réau à la Cour d'assises de Paris.

26 octobre : délibéré du procès de l'évasion de Réau, pour lequel le Repenti est condamné à deux ans avec sursis, et l'Autre à deux ans fermes, pour lesquels il fait appel.

2024

Mai : début du procès du double assassinat de Bastia-Poretta devant la Cour d'assises des Bouches-du-Rhône.

28 juin : verdict du procès du double assassinat de Bastia-Poretta. L'Autre est condamné à une peine de dix ans de réclusion, décision pour laquelle il a interjeté appel.

La salle d'audience du procès de l'évasion de Réau

Article 132-78 du Code pénal

La personne qui a tenté de commettre un crime ou un délit est, dans les cas prévus par la loi, exempte de peine si, ayant averti l'autorité administrative ou judiciaire, elle a permis d'éviter la réalisation de l'infraction et, le cas échéant, d'identifier les autres auteurs ou complices.

Dans les cas prévus par la loi, la durée de la peine privative de liberté encourue par une personne ayant commis un crime ou un délit est réduite si, ayant averti l'autorité administrative ou judiciaire, elle a permis de faire cesser l'infraction, d'éviter que l'infraction ne produise un dommage ou d'identifier les autres auteurs ou complices.

Les dispositions de l'alinéa précédent sont également applicables lorsque la personne a permis soit d'éviter la réalisation d'une infraction connexe de même nature que le crime ou le délit pour lequel elle était poursuivie, soit de faire cesser une telle infraction, d'éviter qu'elle ne produise un dommage ou d'en identifier les auteurs ou complices.

Aucune condamnation ne peut être prononcée sur le seul fondement de déclarations émanant de personnes ayant fait l'objet des dispositions du présent article.

Titre 21 du Code de procédure pénale

Article 706-57

Les personnes à l'encontre desquelles il n'existe aucune raison plausible de soupçonner qu'elles ont commis ou tenté de commettre une infraction et qui sont susceptibles d'apporter des éléments de preuve intéressant la procédure peuvent, sur autorisation du procureur de la République ou du juge d'instruction, déclarer comme domicile l'adresse du commissariat ou de la brigade de gendarmerie. Si la personne a été convoquée en raison de sa profession, l'adresse déclarée peut être son adresse professionnelle. L'autorisation du procureur de la République n'est pas nécessaire lorsque le témoignage est apporté par une personne dépositaire de l'autorité publique ou chargée d'une mission de service public pour des faits qu'elle a connus en raison de ses fonctions ou de sa mission et que l'adresse déclarée est son adresse professionnelle.

Article 706-58

En cas de procédure portant sur un crime ou sur un délit puni d'au moins trois ans d'emprisonnement, lorsque l'audition d'une personne visée à l'article 706-57 est susceptible de mettre gravement en danger la vie ou l'intégrité physique de cette personne, des membres de sa famille ou de ses proches, le juge des libertés et de la détention, saisi par requête motivée du procureur de la République ou du juge d'instruction, peut, par décision motivée, autoriser que les déclarations de cette personne soient recueillies sans que son identité apparaisse dans le dossier de la procédure.

Cette décision n'est pas susceptible de recours, sous réserve des dispositions du deuxième alinéa de l'article 706-60. Le juge des libertés et de la détention peut décider de procéder lui-même à l'audition du témoin.

La décision du juge des libertés et de la détention, qui ne fait pas apparaître l'identité de la personne, est jointe au procès-verbal d'audition du témoin, sur lequel ne figure pas la signature de l'intéressé. L'identité et l'adresse de la personne sont inscrites dans un autre procès-verbal signé par l'intéressé, qui est versé dans un dossier distinct du dossier de la procédure, dans lequel figure également la requête prévue à l'alinéa précédent. L'identité et l'adresse de la personne sont inscrites sur un registre coté et paraphé, qui est ouvert à cet effet au tribunal judiciaire.

Article 706-59

En aucune circonstance, l'identité ou l'adresse d'un témoin ayant bénéficié des dispositions des articles 706-57 ou 706-58 ne peut être révélée, hors le cas prévu par le dernier alinéa de l'article 706-60.

La révélation de l'identité ou de l'adresse d'un témoin ayant bénéficié des dispositions des articles 706-57 ou 706-58 est punie de cinq ans d'emprisonnement et 75 000 euros d'amende.

Article 706-60

Les dispositions de l'article 706-58 ne sont pas applicables si, au regard des circonstances dans lesquelles l'infraction a été commise ou de la personnalité du témoin, la connaissance de l'identité de la personne est indispensable à l'exercice des droits de la défense.

La personne mise en examen peut, dans les dix jours à compter de la date à laquelle il lui a été donné connaissance du contenu d'une audition réalisée dans les conditions de l'article 706-58, contester, devant le président de la chambre de l'instruction, le recours à la procédure prévue par cet article.

Le président de la chambre de l'instruction statue par décision motivée qui n'est pas susceptible de recours au vu des pièces de la procédure et de celles figurant dans le dossier mentionné au deuxième alinéa de l'article 706-58. S'il estime la contestation justifiée, il ordonne l'annulation de l'audition. Il peut également ordonner que l'identité du témoin soit révélée à la condition que ce dernier fasse expressément connaître qu'il accepte la levée de son anonymat.

Article 706-61

La personne mise en examen ou renvoyée devant la juridiction de jugement peut demander à être confrontée avec un témoin entendu en application des dispositions de l'article 706-58 par l'intermédiaire d'un dispositif technique permettant l'audition du témoin à distance ou à faire interroger ce témoin par son avocat par ce même moyen. La voix du témoin est alors rendue non identifiable par des procédés techniques appropriés.

Si la juridiction ordonne un supplément d'information aux fins d'audition du témoin, ce dernier est entendu soit par un juge d'instruction désigné pour exécuter ce supplément d'information, soit, si l'un des membres de la juridiction a été désigné pour exécuter cette audition, en utilisant le dispositif technique prévu par l'alinéa précédent.

Article 706-62

Aucune condamnation ne peut être prononcée sur le seul fondement de déclarations recueillies dans les conditions prévues par les articles 706-58 et 706-61.

Article 706-62-1

En cas de procédure portant sur un crime ou sur un délit puni d'au moins trois ans d'emprisonnement, lorsque la révélation de l'identité d'un témoin est susceptible de mettre gravement en danger sa vie ou son intégrité physique ou celles de ses proches, le juge d'instruction ou le président de la juridiction de jugement statuant en chambre du conseil peut ordonner soit d'office, soit à la demande du procureur de la République ou des parties, que cette identité ne soit pas mentionnée au cours des audiences publiques et ne figure pas dans les ordonnances, jugements ou arrêts de la juridiction d'instruction ou de jugement qui sont susceptibles d'être rendus publics.

Le juge d'instruction adresse sans délai copie de la décision prise en application du premier alinéa au procureur de la République et aux parties.

La décision ordonnant la confidentialité de l'identité du témoin n'est pas susceptible de recours.

Le témoin est alors désigné au cours des audiences ou dans les ordonnances, jugements ou arrêts par un numéro que lui attribue le juge d'instruction ou le président de la juridiction de jugement.

Le fait de révéler l'identité d'un témoin ayant bénéficié des dispositions du présent article ou de diffuser des informations permettant son identification ou sa localisation est puni de cinq ans d'emprisonnement et de 75 000 euros d'amende.

Article 706-62-2

Sans préjudice de l'application de l'article 706-58, en cas de procédure portant sur un crime ou un délit mentionné aux articles 628,706-73 et 706-73-1, lorsque l'audition d'une personne mentionnée à l'article 706-57 est susceptible de mettre gravement en danger la vie ou l'intégrité physique de cette personne ou de ses proches, cette personne fait l'objet, en tant que de besoin, de mesures de protection destinées à assurer sa sécurité.

En cas de nécessité, elle peut être autorisée, par ordonnance motivée rendue par le président du tribunal judiciaire, à faire usage d'une identité d'emprunt.

Toutefois, il ne peut pas être fait usage de cette identité d'emprunt pour une audition au cours de la procédure mentionnée au premier alinéa.

Le fait de révéler qu'une personne fait usage d'une identité d'emprunt en application du présent article ou de révéler tout élément permettant son identification ou sa localisation est puni de cinq ans d'emprisonnement et de 75000 euros d'amende. Lorsque cette révélation a eu pour conséquence, directe ou indirecte, des violences à l'encontre de cette personne ou de son conjoint, de ses enfants ou de ses ascendants directs, les peines sont portées à sept ans d'emprisonnement et à 100000 euros d'amende.

Les peines sont portées à dix ans d'emprisonnement et à 150000 euros d'amende lorsque cette révélation a eu pour conséquence, directe ou indirecte, la mort de cette personne ou de son conjoint, de ses enfants ou de ses ascendants directs.

Les mesures de protection mentionnées au premier alinéa du présent article sont définies, sur réquisitions du procureur de la République, par la commission nationale prévue à l'article 706-63-1. Cette commission assure le suivi des mesures de protection, qu'elle peut modifier ou auxquelles elle peut mettre fin à tout moment. En cas d'urgence, les services compétents prennent les mesures nécessaires et en informent sans délai la commission nationale.

Les membres de la famille et les proches de la personne mentionnée au premier alinéa du présent article peuvent également faire l'objet de mesures de protection et être autorisés à faire usage d'une identité d'emprunt, dans les conditions prévues au présent article.

Un décret en Conseil d'État fixe les conditions d'application du présent article.

Titre 21 bis du Code de procédure pénale

Article 706-63-1

Les personnes mentionnées à l'article 132-78 du Code pénal font l'objet, en tant que de besoin, d'une protection destinée à assurer leur sécurité. Elles peuvent également bénéficier de mesures destinées à assurer leur réinsertion.

En cas de nécessité, ces personnes peuvent être autorisées, par ordonnance motivée rendue par le président du tribunal judiciaire, à faire usage d'une identité d'emprunt.

Le fait de révéler qu'une personne fait usage d'une identité d'emprunt en application du présent article ou de révéler tout élément permettant son identification ou sa localisation est puni de cinq ans d'emprisonnement et de 75 000 euros d'amende. Lorsque cette révélation a eu pour conséquence, directe ou indirecte, des violences à l'encontre de cette personne ou de son conjoint, de ses enfants ou de ses ascendants directs, les peines sont portées à sept ans d'emprisonnement et à 100 000 euros d'amende. Les peines sont portées à dix ans d'emprisonnement et à 150 000 euros d'amende lorsque cette révélation a eu pour conséquence, directe ou indirecte, la mort de cette personne ou de son conjoint, de ses enfants ou de ses ascendants directs.

Les mesures de protection et de réinsertion sont définies, sur réquisitions du procureur de la République, par une commission nationale dont la composition et les modalités de fonctionnement sont définies par décret en Conseil d'État. Cette commission fixe les obligations que doit respecter la personne et assure le suivi des mesures de protection et de réinsertion, qu'elle peut modifier ou auxquelles elle peut mettre fin à tout moment. En cas d'urgence, les services compétents prennent les mesures nécessaires et en informent sans délai la commission nationale.

Les dispositions du présent article sont également applicables aux membres de la famille et aux proches des personnes mentionnées à l'article 132-78 du Code pénal.

Article 706-63-2

Lorsque cette comparution est susceptible de mettre gravement en danger leur vie ou leur intégrité physique ou celle de leurs proches, la juridiction de jugement peut, d'office ou à la demande des personnes faisant usage d'une identité d'emprunt en application du deuxième alinéa de l'article 706-63-1, ordonner le huis clos ou leur comparution dans des conditions de nature à préserver l'anonymat de leur apparence physique, y compris en bénéficiant d'un dispositif technique mentionné à l'article 706-61. La juridiction de jugement statue à huis clos sur cette demande.

Décret n° 2014-346 du 17 mars 2014 relatif à la protection des personnes mentionnées aux articles 706-62-2 et 706-63-1 du Code de procédure pénale

Le Premier ministre,

Sur le rapport de la garde des Sceaux, ministre de la Justice,

Vu le Code pénal, notamment son article 132-78 ;

Vu le Code de procédure pénale, notamment ses articles 706-63-1 et D. 15-1-1 ;

Vu le Code de procédure civile ;

Vu la loi n° 2004-204 du 9 mars 2004 portant adaptation de la justice aux évolutions de la criminalité, notamment son article 217 ;

Le Conseil d'État (section de l'Intérieur) entendu,

Décrète :

Chapitre Ier : De la Commission nationale de protection et de réinsertion

Section 1 : Composition

Article 1

La Commission nationale de protection et de réinsertion prévue à l'article 706-63-1 du Code de procédure pénale est placée auprès du ministre de l'Intérieur. Elle est composée :

– d'un magistrat hors hiérarchie, en activité ou honoraire, président, désigné par le ministre de la Justice ;

– de deux magistrats exerçant ou ayant exercé au sein d'une juridiction interrégionale spécialisée, désignés par le garde des Sceaux, ministre de la Justice ;

– d'un magistrat représentant de la Direction des affaires criminelles et des grâces ;

– d'un représentant de la Direction générale de la police nationale ;

– d'un représentant de la Direction générale de la sécurité intérieure ;

– d'un représentant de la Direction générale de la gendarmerie nationale ;

– d'un représentant du ministre chargé des douanes.

Elle comprend, en outre, avec voix consultative, un représentant du service interministériel d'assistance technique au ministère de l'Intérieur.

Les membres de la commission, ainsi que leurs suppléants, sont nommés pour une durée de trois ans renouvelable une fois, par arrêté conjoint du garde des Sceaux, ministre de la Justice, du ministre de l'Intérieur et du ministre chargé des douanes.

Article 2

Sur proposition de son président, la commission établit son règlement intérieur.

Article 3

Les membres de la commission, ainsi que toute personne concourant à ses missions, sont soumis au secret professionnel dans les conditions et sous les peines prévues aux articles 226-13 et 226-14 du Code pénal.

Article 4

Les membres de la commission exercent leurs fonctions à titre gratuit.

Article 5

Le service interministériel d'assistance technique assure le secrétariat permanent de la commission.

Section 2 : Saisine et instruction des dossiers

Article 6

La commission est saisie par le procureur de la République chargé du dossier, ou, le cas échéant, par le juge d'instruction qui en avise le procureur. Copie de la demande ainsi que des pièces qui l'accompagnent sont versées dans un dossier distinct du dossier de la procédure. Ce dossier est conservé par le procureur.

Article 7

Dès réception de la demande, le président de la commission sollicite le service interministériel d'assistance technique aux fins d'instruction.

À cette fin :

– les personnes concernées par les mesures peuvent être entendues à tout moment ;

– toutes personnes utiles à la mission de la commission peuvent être requises et tous justificatifs utiles peuvent être demandés ;

– le procureur de la République ou le magistrat instructeur demandeurs peuvent être sollicités pour des précisions complémentaires.

Article 8

Le service interministériel d'assistance technique rend compte de son instruction au président de la commission.

Celui-ci rejette les demandes qui ne remplissent pas les conditions tenant au champ d'application de la loi.

Article 9

En cas d'urgence, le service interministériel d'assistance technique prend les mesures nécessaires et en informe sans délai le président de la commission.

Section 3 : Examen des dossiers par la commission

Article 10

La commission se réunit chaque fois qu'il est utile et au moins une fois par semestre pour évaluer l'ensemble des mesures en cours.

Elle se réunit sur convocation de son président, qui fixe l'ordre du jour.

Les séances de la commission ne sont pas publiques.

Article 11

Si les mesures prises en urgence par le service interministériel d'assistance technique en application de l'article 9 revêtent un caractère substantiel, la commission se réunit dans les meilleurs délais, et au plus tard dans les quinze jours, pour statuer sur leur maintien ou leur modification.

Elle est informée des autres mesures lors de la prochaine séance.

Article 12

Le service interministériel d'assistance technique expose les faits et formule un avis sur la pertinence des mesures de protection demandées.

Avant de délibérer, la commission peut entendre les personnes concernées par les mesures.

Article 13

La commission délibère valablement si au moins cinq de ses membres sont présents. Si le quorum n'est pas atteint, la commission est à nouveau convoquée avec le même ordre du jour dans les meilleurs délais, et au plus tard dans les quinze jours. Le quorum s'apprécie à l'ouverture de chaque séance.

La commission se prononce à la majorité des membres présents. En cas de partage égal des voix, la voix du président est prépondérante.

Article 14

La commission peut décider de toutes mesures proportionnées qu'elle définit, notamment de protection physique et de domiciliation, destinées à assurer la protection des personnes mentionnées aux articles 706-62-2 et 706-63-1 du Code de procédure pénale.

Elle définit également, s'il y a lieu, les mesures de réinsertion, eu égard notamment à la situation matérielle et sociale de la personne concernée et, le cas échéant, de sa famille et de ses proches.

Le cas échéant, elle propose la mise en œuvre de la procédure relative à l'identité d'emprunt prévue aux articles 18 à 25.

Article 15

La commission peut modifier ou mettre fin aux mesures de protection et de réinsertion accordées.

Article 16

Les décisions de la commission s'imposent aux administrations et aux organismes chargés d'une mission de service public.

Article 17

Le service interministériel d'assistance technique met en œuvre les décisions de la commission.

Chapitre II : de l'identité d'emprunt

Section 1 : Procédure relative au principe du recours à une identité d'emprunt

Article 18

Le président du tribunal judiciaire de Paris est compétent pour statuer sur les demandes aux fins d'autorisation d'usage et de retrait d'autorisation d'une identité d'emprunt prévus aux articles 706-62-2 et 706-63-1 du Code de procédure pénale.

Conformément à l'article 9 du décret n° 2019-966 du 18 septembre 2019, les présentes dispositions entrent en vigueur le 1er janvier 2020.

Article 19

Le président du tribunal est saisi par requête du président de la commission, à laquelle est jointe la demande écrite de l'intéressé ainsi que les pièces invoquées à l'appui de cette dernière. Le ministère d'avocat n'est pas obligatoire.

La requête est présentée en double exemplaire. Elle est communiquée pour avis au ministère public.

Article 20

Le président du tribunal peut décider d'entendre la personne ayant demandé à bénéficier d'une identité d'emprunt. Cette audition n'est pas publique. Elle ne donne pas lieu à l'établissement d'un procès-verbal.

L'ordonnance, rendue non publiquement, est exécutoire au seul vu de la minute. Elle est notifiée au président de la commission et à l'intéressé par tout moyen.

Le double de l'ordonnance est conservé au greffe.

Article 21

S'il n'est pas fait droit à la requête, appel peut être interjeté devant le premier président de la Cour d'appel par le président de la commission, le ministère public ou par la personne ayant demandé à bénéficier d'une identité d'emprunt. Le délai d'appel est de quinze jours.

Le ministère d'avocat n'est pas obligatoire.

Article 22

L'appel est formé, instruit et jugé dans les conditions prévues aux articles 950 et 952 du Code de procédure civile ainsi qu'au dernier alinéa de l'article 19 et à l'article 20 du présent décret.

Article 23

Le retrait de l'autorisation est prononcé, sur requête du président de la commission ou de l'intéressé, lorsque cette mesure n'apparaît plus nécessaire, notamment lorsque la commission met fin aux mesures de protection et de réinsertion précédemment accordées ou lorsque la personne bénéficiant de l'autorisation d'user d'une identité d'emprunt ne le souhaite plus.

Le retrait peut aussi être prononcé lorsque la personne qui bénéficie de l'autorisation adopte un comportement incompatible avec la mise en œuvre ou le bon déroulement de cette mesure.

La demande est formée, instruite et jugée dans les conditions prévues aux articles 19 à 22. Dans le cas mentionné au deuxième alinéa, la personne est entendue par le président, dans les conditions prévues à l'article 20.

Section 2 : Conséquences du recours à une identité d'emprunt

Article 24

Seul le service interministériel d'assistance technique est habilité à créer les identités d'emprunt, à conserver l'ensemble des identités d'emprunt attribuées et à faire le rapprochement entre les identités d'emprunt et les identités réelles.

Article 25

En cas de poursuite pénale à l'encontre d'une personne bénéficiant d'une identité d'emprunt, celle-ci est condamnée sous son identité d'emprunt. La condamnation est inscrite au casier judiciaire sous l'identité d'emprunt.

En cas de retrait de l'autorisation d'usage d'une identité d'emprunt, la personne est condamnée sous son identité réelle dès lors que le retrait intervient avant la décision de condamnation. Si la personne a fait précédemment l'objet de condamnations sous son identité d'emprunt, le procureur de la République près le tribunal judiciaire de Paris requiert le casier judiciaire d'inscrire ces condamnations sous l'identité réelle et de supprimer toute référence à l'identité d'emprunt.

Conformément à l'article 9 du décret n° 2019-966 du 18 septembre 2019, les présentes dispositions entrent en vigueur le 1er janvier 2020.

Chapitre III : Dispositions finales

Article 26

Le présent décret est applicable sur tout le territoire de la République à l'exception des Terres australes et antarctiques françaises.

Article 27

La garde des Sceaux, ministre de la Justice, le ministre de l'Économie et des Finances, le ministre de l'Intérieur, le ministre des Outre-mer et le ministre délégué auprès du ministre de l'Économie et des Finances, chargé du budget, sont chargés, chacun en ce qui le concerne, de l'exécution du présent décret, qui sera publié au Journal officiel de la République française.

Fait le 17 mars 2014.

Par le Premier ministre,
Jean-Marc Ayrault

La garde des Sceaux,
ministre de la Justice,
Christiane Taubira
Le ministre de l'Économie et des Finances,
Pierre Moscovici
Le ministre de l'Intérieur,
Manuel Valls

Le ministre des Outre-mer,
Victorin Lurel
Le ministre délégué
auprès du ministre de l'Économie et des Finances,
chargé du budget,
Bernard Cazeneuve

CET OUVRAGE
A ÉTÉ ACHEVÉ D'IMPRIMER
SUR ROTO-PAGE
PAR L'IMPRIMERIE FLOCH À MAYENNE
EN NOVEMBRE 2024

#lisez engagé !
www.lisez.com
Pour plus d'information :
Imprimé sur du papier issu de forêts gérées durablement.

N° d'impression : 105989
S99234/01
Imprimé en France